Ulrike Riegel 1/96

»Wir waren nackt und ließen uns im
– während wir so taten, als seien v
seien wir Föten – still und gebor
vom Summen des Wasserfilters.
war wie leergefegt und unsere A
sen ... Das Leben war voller Zaub

Es war das Leben der Kinder
Pioniere – ein Leben nach Gott
scher Erlösung am Rande des Hi
ist dies das Herrlichste, nach dem
nen ... Ich glaube, irgendwo au
wir übers Ohr gehauen worde
Preis, den wir für dieses golden
hatten, war die Unfähigkeit,
Liebe zu glauben; statt dessen l
Ironie zu, die alles, was sie be
Und ich frage mich, ob diese
den wir dafür zahlten, daß wir

Douglas Coupland, wie sei
der Vororte, läßt die Welt de
100 TV-Kanäle, Werbespots u
Jets hinter sich und wagt sich
der Träume und Alpträume se
beschreibt die neue Wahrhe
einen Kult daraus macht, imm
zuschreiten – so schnell, daß
gelassen zu haben scheint.

Douglas Coupland

Life after God

Die Geschichten der Generation X

Aus dem Englischen
von Harald Riemann

Aufbau-Verlag

Titel der Originalausgabe
Life after God
Mit 169 Illustrationen des Autors

INHALT

KLEINE GESCHÖPFE

Ich fuhr dich gerade hoch nach Prince George zu deinem Großvater, dem saufenden Golfspieler. Ich war müde – ich hätte eine so lange Strecke wirklich nicht zurücklegen sollen – zwölf Stunden ununterbrochener Autofahrt von Vancouver aus in Richtung Norden. Den ganzen letzten Monat hatte ich aus dem Koffer gelebt und auf dem Futon in der Bude eines Freundes geschlafen und dabei eine Diät aus Kentucky Fried Chicken und erbosten Gegenbeschuldigungen über Telefon von du weißt schon wem konsumiert. Das Nomadenleben hat eben seinen Preis. Die ganze Zeit über hatte ich so ein Gefühl, wie wenn sich eine Grippe anbahnt, war an einen Punkt gelangt, an dem ich mir nur noch den Mantel anderer Leute ausleihen wollte – das Leben anderer Leute –, ihre Aura. Es schien, als hätte ich die Fähigkeit verloren, meine Aura eigenständig zu schaffen.

Es war eine Fahrt voller Unterbrechungen, gekennzeichnet von der Notwendigkeit, an allen Tankstellen und Raststätten zu halten, damit ich meinen Anwalt anrufen konnte. Das Gute daran war immerhin, daß *du* zum ersten Mal in deinem Leben alle Tiere der Welt wahrnahmst – das gesamte Tierleben, das sich draußen vor den Autofenstern abspielte. Es begann gleich nach der Abfahrt bei dem Weideland im Fraser Valley mit seinen Kühen, Schafen und Pferden. Eine halbe Stunde später hinter Chilliwack, kurz vor dem Ende des Tals, wurde es dann zur Manie, als ich auf einen Weißkopf-Seeadler zeigte, der wie ein großer Haufen Geld am Straßenrand auf einer knorrigen Kiefer saß. Vor Aufregung bemerktest du nicht einmal, daß der Feuerstein-Vergnügungspark in Bedrock City geschlossen war.

Du stelltest Fragen über die Tiere, einige davon waren ganz schön kniffelig, und diese Fragen waren mir eine willkommene Abwechslung zu all den Telefonzellen und der Müdigkeit. Gleich nachdem du den Adler gesehen hattest, fragtest du mich offenbar aus heiterem Himmel: »Woher kommen die Menschen?« Ich wußte nicht genau, ob du das mit den Bienen und Blumen, die Arche Noah oder was auch immer meintest. Jede Richtung der Frage ging mir eine Spur über das hinaus, was ich zu dem Zeitpunkt verkraften konnte, aber du brachtest mich zum Nachdenken. Ich meine, vor fünftausend Jahren sind die Menschen einfach aus dem Nichts aufgetaucht – *bing!* –, mit Gehirn und allem, und haben angefangen, den Planeten zu zertrümmern. Man sollte annehmen, daß wir uns darüber etwas mehr Gedanken machen, als wir es tatsächlich tun.

Du stelltest die Frage noch einmal, und deshalb gab ich dir eine dieser behelfsmäßigen Antworten, die Eltern eigentlich nicht geben sollten. Ich erzählte dir, die Menschen kämen »von drüben aus dem Osten«. Das schien dich zufriedenzustellen. Und dann wurden wir beide abgelenkt; du von einem Verkehrsopfer, von einer Lache, die auf einen ehemaligen Waschbären hinwies und die deine Aufmerksamkeit mit aller Kraft vom Seitenstreifen des Highways ablenkte, und ich von einer weiteren Telefonzelle. Rechtsanwälte – Himmel. Eines Tages überschreitest du diese dünne Linie und stellst tatsächlich fest, daß wir uns vor uns selbst schützen müssen.

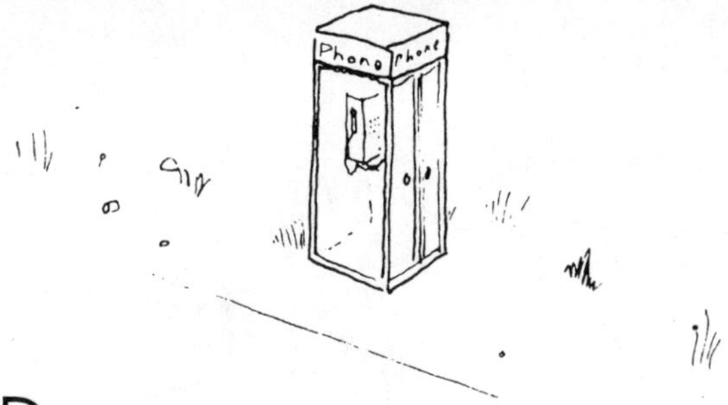

Das Telefonat dauerte lange und war voller nicht sonderlich guter Neuigkeiten, unterbrochen durch das Dröhnen vorbeirasender 18-rädriger LKWs und mein Geschimpfe zu dir herüber, du solltest aufhören, in dem armen ehemaligen Waschbären mit einem Stöckchen herumzustochern. Ich erzählte Wayne, meinem Anwalt, von dem Adler, und es gefiel ihm außerordentlich, weil er sein Ego auch immer seinen Adler nennt. »Mein Adler schwebt heute hoch am Himmel.« Dinge dieser Art.

Nachdem ich den Hörer aufgeknallt hatte, kaufte ich Kaffee und eine Flasche 7-Up in der Fernfahrer-Raststätte nebenan, und wir setzten unsere Fahrt fort; wobei du immer weiter nach Tieren Ausschau hieltest, insbesondere nach Bären und Rotwild, als das Tal in Berge überging. Wir bogen auf den Coquihalla Highway ab, die Zivilisation schmolz hinter uns dahin, und ich sah mit Erleichterung, wie rasch die Landschaft wilder wurde.

Auf den höheren Lagen der Berge lag ein Hauch von Schnee, und durch die Lüftung drang ein frischer Duft nach Weihnachtsbäumen. Die Spätnachmittagssonne schien durch die Baumwipfel zu unserer Seite wie durch ein Stroboskop, und in einem Tal unter uns erblickten wir vereinzelte Birkengrüppchen, die wie Garnierungen auf japanischem Essen aussahen. Die Straße war so lang und so steil und die Berge waren so gewaltig, daß ich daran denken mußte, wie sehr die Neue Welt die Pioniere erschreckt und in den Bann gezogen haben mußte. Unsere Fahrt wurde entspannter.

Ich dachte noch ein bißchen über Tiere nach.

Und das wiederum ließ mich über Menschen nachdenken. Genauer gesagt, ich überlegte, was aus Menschen, na ja, … *Menschen* macht. Was ist menschliches Verhalten? Wir wissen beispielsweise, was das Verhalten eines Hundes ausmacht: Hunde tun Hundedinge, sie jagen hinter Stöckchen her, schnüffeln an Pennern und halten bei Autofahrten ihre Köpfe aus dem Fenster. Und wir wissen, wie sich Katzen verhalten: Katzen jagen Mäuse, streichen ums Schienbein, wenn sie Hunger haben, und haben Schwierigkeiten, sich zu entscheiden, ob sie zur Tür hinaus oder lieber drinnen bleiben wollen, wenn du aufstehst, um sie hinauszulassen. Was also tun Menschen, das spezifisch menschlich ist?

Ich betrachtete es aus anderer Sicht. Ich dachte: Da haben wir also als Spezies Satelliten und Kabelfernsehen und Ford Mustangs gebaut; was wäre aber, wenn anstelle von Menschen *Hunde* diese Dinge erfunden hätten. Wie würden wohl *Hunde* ihr Hundsein in Erfindungen ausdrücken? Würden sie Raumstationen in Form von großen Knochen bauen, die um die Erde kreisen? Würden sie Filme vom Mond drehen und sich in Autokinos jaulend die Vorstellung ansehen?

Oder was wäre, wenn *Katzen* und nicht Menschen Technologie erfunden hätten – würden *Katzen* Kratzbaum-Wolkenkratzer bauen, die vollständig mit Teppichflor überzogen wären? Hätten sie Fernsehshows, in denen Quietschtiere aus Gummi auftreten?

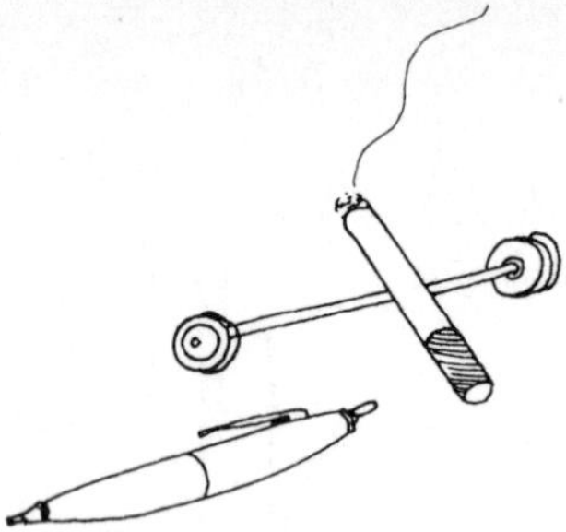

Aber es waren nicht andere Tiere, die Maschinen erfanden, es waren *Menschen*. Worin besteht also unser wesentliches *Menschsein*, das wir in unseren Erfindungen ausdrücken? Was macht uns zu dem, was wir sind?

Ich dachte daran, wie sonderbar es für Milliarden von Leuten ist, am Leben zu sein, wodoch nicht einmal einer von ihnen einigermaßen sicher ist, was Menschen zu *Menschen* macht. Als einzige Tätigkeiten, die Menschen tun und zu denen es nichts Gleichwertiges bei Tieren gibt, fielen mir ein: Rauchen, Bodybuilding und Schreiben. Das ist nicht gerade viel, wenn man bedenkt, wie einzigartig wir uns anscheinend vorkommen.

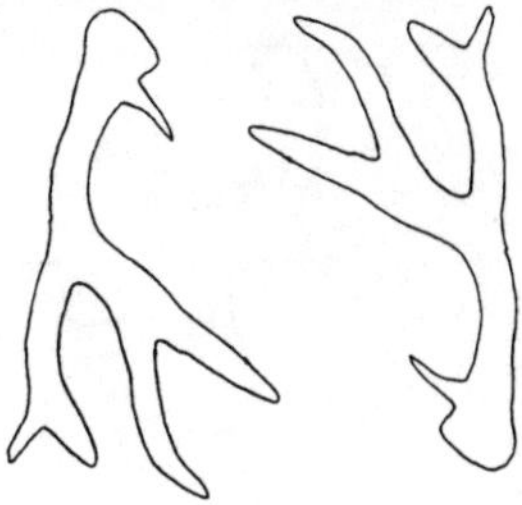

Unter uns auf der rechten Seite toste der Coquihalla River. Der Wagen fuhr gemächlich daran entlang. Dann, als wir gerade unter dem zweiten der beiden Schneedächer hervorkamen, sahen wir weißschwänziges Rotwild: einen Hirsch, eine Ricke und ein Einjähriges mit knubbeligem Geweihsproß. Du wurdest völlig überdreht, als hättest du gerade fünf Schüsseln Count Chocula gegessen. Wir hielten an und stiegen aus, um sie uns anzusehen, und verfielen in tiefste Schweigsamkeit. Die drei Geschöpfe bedachten uns nur mit einem knappen, unschuldig-neugierigen Blick, ehe sie in anmutigen Sätzen zurück in ihren Wald sprangen. Als wir wieder ins Auto gestiegen waren, sagte ich zu dir: »Ich frage mich, was die Tiere von uns Menschen mit unseren verrückten roten Wagen und unserer bunten Kleidung halten mögen. Was glaubst du wohl? Sie müssen uns doch für das Abgedrehteste halten, das es gibt.« Du hörtest überhaupt nicht zu.

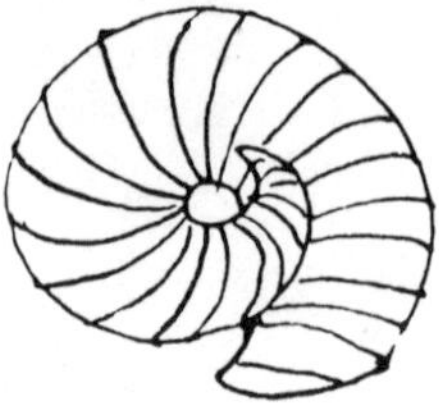

Wir waren noch keine Meile weitergefahren, als wir zwei Großhorn-Schafe auf einem Bergkamm erblickten, die über aufgewirbelten Schotter herunterkraxelten. Wir hielten erneut an und stiegen aus. Obwohl es hier oben in den Bergen schrecklich kalt war, sahen wir den beiden Geschöpfen nach, bis auch sie wieder in ihrem Wald verschwunden waren.

Wir fuhren weiter und schwiegen beide, während wir den Eintritt dieser Tiere in unser Leben und deren Bedeutung verarbeiteten. Was ist Rotwild? Was ist ein Großhorn-Schaf? Warum sind bestimmte Geschöpfe für einige von uns so anziehend und andere nicht? Was *sind* Geschöpfe?

Ich dachte an meine eigenen Vorlieben. Ich mag Hunde, weil ihre Liebe stets ein und derselben Person gilt. Deine Mutter mag Katzen, weil diese wissen, was sie wollen. Ich glaube, wenn Katzen doppelt so groß wären, wie sie sind, wären sie wahrscheinlich verboten. Wären dagegen Hunde dreimal so groß wie jetzt, wären sie immer noch gute Freunde. Werde einer daraus schlau.

Du magst zur Zeit alle Tiere, doch auch du wirst zweifellos eines Tages deine Lieblinge wählen. Deine dir eigene Natur wird triumphieren. Wir alle werden mit unserem Wesen geboren. Du warst gerade aus dem Bauch deiner Mutter heraus, ich sah deine Augen und wußte, daß du bereits *du* warst. Und ich denke über mein eigenes Leben nach und stelle fest, daß mein eigenes Wesen – der Kern meines Selbsts – sich im Grunde über all die Jahre nicht verändert hat. Wenn ich morgens aufwache, fühle ich mich im ersten Moment, ehe ich mich daran erinnere, wo ich bin oder welcher Tag ist, genau so, wie ich mich im Alter von fünf Jahren beim Aufwachen fühlte. Manchmal frage ich mich, ob das Wesen überhaupt geändert werden kann oder ob es uns nicht ebenso anhaftet wie die Tatsache, daß ein Hund Knochen will und eine Katze Mäuse jagt.

Zum Mittagessen hielten wir am Chicken Shack in der Stadt Merrit. Du nahmst ein paar deiner Bücher zum Lesen mit hinein, während meine geröteten Augen »The Globe and Mail« überflogen wie ein über das Pflaster hin und her kratzender Stock.

Danach nahmen wir unsere Fahrt wieder auf. Der Himmel glänzte lavendelfarben, und die verhangenen Berggipfel wirkten wie eine noch im Zustand des Entwurfes befindliche Welt. Wir tauchten in den Nebel eines Tals ein, und es war wie eine Fahrt in die Vergangenheit.

Dann erklommen wir einen Hügel und fuhren hinab in ein anderes Tal, wo ein Schwarm unbekannter Vögel in die Mitte eines tiefen Canyons hinunterschwebte, wie von Bernstein umschlossen. Und dann fuhren wir hinunter in den Canyon, in dem es weder Häuser noch Geräusche gab – nur uns und die Straße –, und es begann zu schneien, die Sonne versagte schließlich ganz, und die Welt wurde milchig, und ich sagte: »Halt den Atem an«, und du erwidertest: »Warum?«, und ich sagte: »Weil wir in den Beginn der Zeit eintreten.« Und das taten wir.

Zeit, Baby – so unendlich viel Zeit ist noch bis zu meinem Lebensende übrig –, manchmal macht es mich ganz verrückt, wie langsam die Zeit vergeht und wie schnell mein Körper altert.

Aber ich sollte mir nicht erlauben, so zu denken. Ich muß mich selbst daran erinnern, daß mich die Zeit nur dann ängstigt, wenn ich daran denke, daß ich sie allein verbringen muß. Manchmal bin ich selbst darüber erschrocken, wie viele Gedanken ich mir mache, daß ich mich besser fühlen würde, wenn ich allein in einem Raum schliefe.

Die Nacht verbrachten wir in einem Motel in Kamloops, auf halbem Weg zu unserem Ziel. Ich konnte einfach nicht mehr weiter. Nachdem wir unser Zimmer bezogen hatten, brach das große Drama aus: Wir hatten dein Dr. Seuss Buch im Chicken Shack in Merritt vergessen. Du wolltest einfach keine Ruhe geben, ehe ich dir nicht eine Geschichte erzählt hatte, und so war ich gezwungen, trotz meiner Müdigkeit etwas zu improvisieren, was nicht gerade meine Stärke ist. Deshalb erzählte ich dir einfach aus dem Stegreif heraus, was mir gerade einfiel, die Geschichte vom »Brillenhund«.

»Brillenhund?« fragtest du.

»Ja, Brillenhund, ein Hund, der eine Brille trug.«

Daraufhin fragtest du mich, was der Brillenhund tat, und mir fiel einfach nichts anderes ein, als daß er eine Brille trug.

Du bliebst hartnäckig, und so erzählte ich dir: »Der Brillenhund sollte eigentlich eine Hauptrolle in der Buchreihe ›Die Katze im Hut‹ spielen, doch dann ...«

»Doch was dann?« wolltest du wissen.

»Doch dann hatte er ein Alkoholproblem«, erwiderte ich.

»Genau wie Großvater«, entgegnetest du, erfreut, daß du eine Verbindung zum wahren Leben herstellen konntest.

»Gut möglich«, sagte ich.

Dann wolltest du die Geschichte eines anderen Tieres hören, und ich fragte dich, ob du je von Hörnli, dem Eichhorn, gehört hättest, und du antwortetest, nein. Also begann ich: »Hörnli sollte seine Nußmalereien in der Kunstgalerie von Vancouver ausstellen, doch dann . . .«

»Doch was dann?« fragtest du.

»Doch dann bekam Frau Eichhorn Eichhornbabys und Hörnli mußte sich einen Job in der Erdnußbutter-Fabrik suchen und konnte seine Arbeiten niemals beenden.«

»Oh.«

Ich machte eine Pause. »Willst du noch etwas über andere Tiere hören?«

»Mmh, ich glaube schon«, erwidertest du ein bißchen unschlüssig.

»Hast du je von Clappy dem Kätzchen gehört?«

»Nein.«

»Nun denn, Clappy, die Katze, wollte eines Tages ein Filmstar werden. Aber dann sammelten sich zu viele Rechnungen auf ihrer MasterCard an, und sie mußte einen Job als Kassiererin in der Hongkong Bank von Kanada annehmen, um sie abzuzahlen. Nach einiger Zeit war sie einfach zu alt, um noch zu versuchen, ein Star zu werden – oder ihr Ehrgeiz ließ nach, oder beides. Und sie fand es leichter, einfach nur darüber zu reden, anstatt es wirklich zu versuchen, und ...«

»Und was?« fragtest du.

»Nichts, Baby«, erwiderte ich und bremste mich genau an dem Punkt – ich fühlte mich furchtbarer, als du dir vorstellen kannst, weil ich dir von diesen Tieren erzählt hatte, weil ich deinen Kopf mit solchen Geschichten angefüllt hatte, mit Geschichten dieser hübschen kleinen Geschöpfe, die eigentlich Teil eines Märchens werden sollten, aber unterwegs auf der Strecke geblieben waren.

MEIN HOTEL-JAHR

1

Cathy

Es ist Jahre her. Ich war durch eine Phase intensiven Grübelns gegangen und hatte einen großen Tumult veranstaltet, indem ich die meisten meiner Bindungen an meine Vergangenheit scharf unter die Lupe nahm. Ich war in ein Hotelzimmer mit Kaltwasser und Wochenmiete auf der Granville Street in der Innenstadt gezogen, rasierte mich nicht mehr, hatte mir das ganze Haar abschneiden und mir den rechten Arm voller Dornen tätowieren lassen. Tagelang lag ich auf dem Bett, starrte an die Decke und lauschte den Schlägereien von Betrunkenen in den anderen Zimmern, dem Gekreische der Fernseher und dem Bersten von Spiegeln. Meine Mitbewohner setzten sich aus einer Mischung von Pensionären, Ausreißern, Drogendealern und anderen zusammen. Das ganze Ensemble bildete einen passenden glamourösen Hintergrund für meinen Glauben, daß meine Armut, meine Angst vor dem

Tod, meine sexuelle Frustration und meine Unfähigkeit, mich anderen anzuschließen, mich in in eine Art Dreikönigsfest davontragen würden. Ich hatte Unmengen an Liebe zu geben – nur wollte sie damals niemand annehmen. Ich hatte gedacht, ich könnte Trost in der Einsamkeit finden, aber ich glaube, ehrlich gesagt, ich erwarb nur eine äußere Schale der Verbitterung.

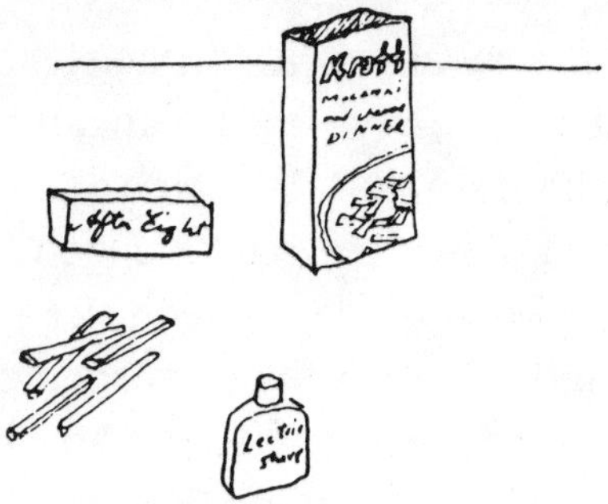

Meine Nachbarn auf der anderen Seite des Flurs bestanden aus dem Pärchen Cathy und Pup-Tent, das sich dauernd in der Wolle lag. Cathy war eine siebzehnjährige Ausreißerin aus dem weiter nördlich liegenden Kamloops, Pup-Tent war etwas älter und stammte aus dem Osten. Beide trugen sie die gespenstische Hautfarbe, das üppige Haar und die schwarzen Lederklamotten, die Heavy-Metal-Fans so sehr lieben. Sie lebten eher nachts und schliefen bis tief in den Nachmittag hinein, aber gelegentlich sah ich Pup-Tent wie das getreue Abbild eines Unternehmers auf der Granville Street mit Tender Vittles verschnittenes Haschisch an Pflanzer auf Stadtbesuch verkaufen. Oder ich sah Cathy bei Regen Federohrringe auf der Robson Street verkaufen. Manchmal sah ich sie beide im Krämerladen an der Ecke, wo sie Fertiggerichte, Johannisbeersirup, geschälte Karottenstäbchen, Cap'n Crunch, After Eight und

Lectric Shave erwarben. Wir nickten uns stets auf gut nachbarliche Art zu und trafen uns gelegentlich in der Bar des Yale Hotels, wo wir ins Gespräch kamen, und über diese Begegnungen lernte ich sie kennen. Sie saßen da, malten sich gegenseitig Schädel und gekreuzte Knochen auf die nikotinbehafteten Lederflicken, die sie auf nackter Haut trugen, und tranken Bier vom Faß.

Pup-Tent: Willst du sprechen?

Cathy: Nein.

Pup-Tent: Na okay.

(Kurze Pause.)

Cathy: Hör auf, mich zu ignorieren.

Jeder für sich allein konnte interessant sein, aber zu zweit war ihr Gespräch doch ein bißchen begrenzt. Manchmal ist es ganz nett, mit Leuten zusammenzusitzen und nicht sonderlich viel zu sagen.

Aber die Liebe in ihrer Beziehung war eine ausgesprochene Einbahnstraße. Cathy war in Pup-Tent verliebt – ihre erste Liebe –, während ich den Verdacht hatte, daß Pup-Tent Cathy nur als eine austauschbare Freundinnen-Einheit betrachtete. Er hielt sie bei der Stange, indem er die Leichtigkeit, mit der es ihm gelang, andere Frauen zu verführen, zur Schau stellte. Er sah in jeder Hinsicht gut aus, und seine hauptsächliche Aufreißtechnik bestand darin, negative Signale auszusenden, so daß Frauen mit niedrigem Selbstwertgefühl an ihm klebenblieben. Auf diese Weise behielt er stets die Oberhand. Eine nicht sonderlich taufrische Thekenhockerin konnte ihn fragen: »Was glaubst du, wie alt ich bin, Süßer?« und Pup-Tent erwiderte: »Dreiunddreißig und geschieden – oder achtundzwanzig mit einem Alkoholproblem.« Wenn sie sein Typ war, hing sie unverzüglich an der Angel.

Dieses Herumflirten machte Cathy verrückt.

Manchmal, wenn Pup-Tent vom Tisch verschwand, erzählte sie es mir. Wenn Cathys Schwester Donna für einen Tag zu Besuch aus Kamloops herunterkam und wir zusammensaßen, fragte diese sie, was sie an Pup-Tent fände. »Sag mir, ob ich es richtig kapiert habe, Cath: Knast ... gewalttätig ... ohne Job ...«

»Oh«, erwiderte Cathy, »aber ich mag, wie er *geht*.«

Eines Abends, als Pup-Tent und ich allein in der Kneipe saßen, fragte er mich solche Dinge wie: »Wie kommt es bloß, daß eine drogengeile Frau soviel fürchterlicher ist als ein drogengeiler Typ?« Und ich entgegnete: »Soll das 'n Witz sein?« Woraufhin er sagte: »Nein, ich frage dich das wirklich.«

Doch im allgemeinen schienen sie einigermaßen nett miteinander umzugehen, und die meiste Zeit bewegte sich ihr Gespräch in vorhersagbaren Phrasen.

Pup-Tent: »Warum starrst du mich so an?«

Cathy: »Ich frage mich, woran du wohl gerade denkst.«

Pup-Tent: »Warum willst du wissen, woran ich denke?«

Cathy: »Okay, dann eben nicht.«

Pup-Tent: »Beweis es, indem du dich um deine eigenen Angelegenheiten kümmerst.«

Eine Weile später fingen die beiden jedoch an, sich zu streiten, und zwar laut genug, daß ich auf der anderen Seite des Flurs aufwachte. Gelegentlich erschien Cathy mit einem blauen Fleck oder geröteten Augen auf der Straße. Aber wie bei den meisten Paaren, die in einer Beziehung dieser Art stecken, kam das Thema häuslicher Gewalt in der Unterhaltung mit anderen nie zur Sprache.

Eines Tages diskutierten Cathy, ein Kid von der Straße – ein exotischer Tänzer an seinem freien Tag – und ich in Tat's Coffee Inn bei einem Teller Pommes mit Gravy über den Tod. Die Frage war: »Wie, glaubst du, ist es, wenn man stirbt?« Cathy meinte, es sei, wie wenn du gerade in einem Laden stehst und ein Freund in einem schönen Auto vorfährt und sagt: »Los, steig ein – wir machen eine Tour!« Also steigst du ein zu einer Rundfahrt. Und wenn du dann über die Straßen fegst und dich großartig amüsierst, wendet sich dein Freund plötzlich dir zu und sagt: »Ach übrigens, du bist tot«, und dir wird klar, daß es stimmt; aber es macht nichts, denn du bist glücklich, und dies ist ein Abenteuer, und alles ist in Ordnung.

Eines Morgens, nach einer besonders turbulenten Nacht, gingen Cathy und ich die Drake Street hinunter und sahen eine Krähe bewegungslos in einer Pfütze stehen, auf der sich der Himmel wiederspiegelte, so daß es den Anschein hatte, als stünde die Krähe auf dem Himmel. Daraufhin erzählte Cathy mir, sie glaube daran, daß es genau unter der Oberfläche unserer eigenen Welt eine verborgene Welt gebe. Sie behauptete, diese verborgene Welt sei bedeutender als die, in der wir lebten. »Stell dir bloß vor«, sagte sie, »wie überrascht die Fische wären, wenn sie wüßten, was für Dinge jenseits des Wassers vor sich gehen. Oder stell dir vor, du wärest imstande, unter Wasser zu atmen und mit den Fischen zu leben. Die verborgene Welt ist so nahe und dabei *so* anders.«

Ich sagte, daß mich diese verborgene Welt an die Welt des Schlafes erinnerte, in der Zeit und Schwerkraft und Dinge dieser Art keine Rolle spielten. Sie erwiderte, daß sie beide vielleicht dasselbe seien.

Eines Tages kam ich aus der Bücherei nach Hause, wo ich den ganzen Nachmittag über versucht hatte, die Leute ihre Mittelklasse spüren zu lassen, indem ich sie böse ansah. Die Tür zu Cathys und Pup-Tents Zimmer stand weit offen, so daß ich meinen Kopf hineinsteckte und »Hallo?« sagte. Ich konnte nicht fassen, was für ein Müllplatz ihre Behausung war: rostige Fahrradketten, vergilbte Zimmerpflanzen, Zigarettenschachteln und -stummel, Metallschilder, Bierflaschen, schmuddelige Decken und Cathys Kleidung lagen überall verstreut. Ich rief: »Cath? Pup? Seid ihr da?«, aber niemand antwortete.

Ich stand da und sah mich um, als Cathy zur Tür hereinkam, offensichtlich in fürchterlicher Verfassung, mit einer Tüte von Burger King in der Hand. Sie sagte, Pup-Tent sei fort, er sei mit einer Stripperin nach Vancouver Island durchgebrannt, und daß er zuletzt durchgedreht sei, weil Cathy alle seine Kassetten in seine Mini-Mikrowelle gesteckt und dadurch gelöscht hatte.

»Ich sehe bestimmt ziemlich übel aus, he?«

»Nein«, sagte ich, »überhaupt nicht.«

»Hast du Hunger? Magst du was essen?«

»Vielleicht später.«

Kurze Zeit standen wir schweigend da. Cathy sammelte einige verstreute Klamotten auf. Dann sagte sie: »Du hast doch früher drüben in den Bergen gewohnt, nicht wahr, oben an der North Shore?«

Ich sagte, ja, ich sei dort aufgewachsen.

»Dort ist doch der große See, stimmt's, das Reservoir?«

Ich sagte ihr, ja, das stimme.

»Dann mußt du mir unbedingt helfen – was machst du heute nachmittag?«

Ich entgegnete, was ich wohl *überhaupt* an Nachmittagen täte.

Cathy wollte das Wasserreservoir dort oben im Capilano Canyon hinter dem Cleveland-Damm sehen. Sie erzählte mir nicht, warum, bis wir dorthin gelangten, aber sie schien ganz offensichtlich unglücklich zu sein, und das Mindeste, das ich tun konnte, um sie aufzuheitern, war, ein bißchen Reiseführer zu spielen. Und so nahmen wir den Bus rüber zur North Shore, hinauf in die Berge hoch über der Stadt.

Der Bus erklomm die Capilano Road, vorbei an den in hohe Douglasfichten, Hemlocktannen und Zedern eingebetteten Häusern der Vororte. Diese Häuser schienen mir so weit von meinem gegenwärtigen Leben entfernt wie China.

Weiter oben auf dem Berg war der späte Nachmittagshimmel bewölkt und dunkel. Wenn die feuchte Luft vom Pazifischen Ozean auf die Berge trifft, lädt sie genau an dieser Stelle ihre Feuchtigkeit ab. Es begann in dem Moment zu regnen, als wir in der Nähe des Cleveland-Damms aus dem Bus stiegen, und als wir die Straße überquerten, war mir klar, daß wir bald bis auf die Haut durchnäßt sein würden.

Das Reservoir lag nur ein paar Schritte entfernt und konnte Cathy ziemlich schnell gezeigt werden, aber sie sah enttäuscht aus, als sie ihn erblickte – den breiten, fjordähnlichen See, der sich weit über das steile, dunkle Bergtal erstreckte. Sie sagte: »Was ist mit dieser Stacheldraht-Umzäunung? Heißt das, wir können da nicht rein und das Wasser berühren?«

Ich erwiderte, nein, das könnten wir nicht – nicht von dort aus, wo wir waren.

»Haben wir eine andere Möglichkeit?«

Ich sagte, die hätten wir, aber das würde ein bißchen Gestolper durch den Wald bedeuten, und sie erwiderte, das mache nichts, und so setzten wir uns die Straße hinauf in Bewegung, vorbei an einem Schild, auf dem stand: WASSERSCHEIDE: KEIN ZUTRITT, zu einer Stelle, an der wir Parties im Freien feierten, als ich in der High School war.

Cathy rauchte verdrossen eine Zigarette und hielt ihre Handtasche fest an sich gepreßt, als wir durch ein Tor hindurch die lehmige Zufahrtsstraße hinaufgingen. Die Gipfel der Berge über uns waren nebelverhangen, und wir hörten nur gelegentliches Vogelgezwitscher, als wir eine Abkürzung durch den Wald nahmen. Cathy war sofort bis auf die Haut durchnäßt, sobald wir uns durch das Unterholz aus Brombeergesträuch, Gräsern und jungen Fichten schlugen. Ihr dichtes Haar war voller Spinnweben, Fichtennadeln und verwelkten Heidelbeerblättern; ihre schwarzen Jeans durchweicht und klamm an den Knöcheln. Ich fragte sie, ob sie zurückgehen wollte, aber sie sagte, nein, wir müßten weiter, also gingen wir weiter und stießen tief in die schwarzen, echolosen Wälder vor, bis wir vor uns Wasser glänzen sahen – das Reservoir. Da sagte Cathy: »Halt – beweg dich nicht«, und ich blieb wie angewurzelt stehen.

Ich dachte, sie hätte einen Bären gesehen oder eine Kanone aus ihrer Handtasche gezogen. Ich drehte mich um, und sie war mitten in der Bewegung wie festgefroren stehengeblieben. Sie sagte: »Ich wette, wenn wir hier festfrieren und uns nicht bewegen und nicht atmen würden, könnten wir die Zeit anhalten.«

Und so standen wir da tief im Wald wie festgefroren mitten in der Bewegung und versuchten, die Zeit anzuhalten.

Folgendes: Ich glaube, die meisten deiner bedeutendsten Erinnerungen sammelst du, bevor du dreißig bist. Danach werden Erinnerungen zu Wasser, das einen bereits vollen Becher zum Überlaufen bringt. Neue Erfahrungen werden ganz einfach nicht in derselben Weise oder mit derselben Wucht registriert. Ich könnte mir nackt in einem zerberstenden Jet mit der Princess of Wales Heroin spritzen, und die Erfahrung wäre doch nicht mit dem Augenblick vergleichbar, als in der elften Klasse die Bullen hinter uns her waren, nachdem wir die Gartenmöbel der Taylors in deren Swimmingpool geworfen hatten. Du weißt, was ich meine.

Ich glaube, bis zu einem gewissen Grad empfand das auch Cathy – und ihr dämmerte, daß sie all ihre bedeutenden Erinnerungen ziemlich bald gemacht haben würde, daß noch eine unbestimmte Anzahl von Jahren vor ihr lag, um auf die falschen Kerle hereinzufallen – Männer, die sie schlecht behandelten und ausnutzten –, und daß alle ihre Erinnerungen dann von Traurigkeit und Ausweglosigkeit und Verwundbarkeit ausgelaugt sein würden und daß sie am Ende all dessen … nichts mehr erwartete – keine neuen Gefühle.

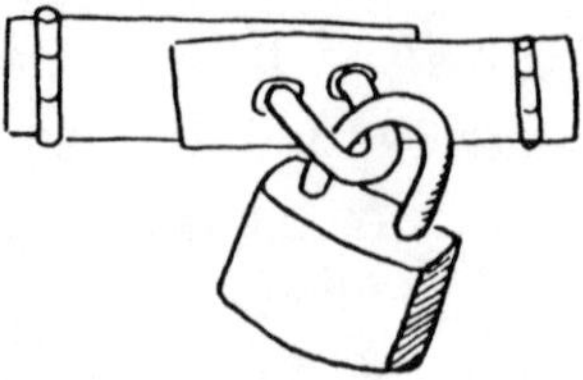

Manchmal denke ich, daß die bedauernswertesten Leute diejenigen sind, die außerstande sind, irgendeinen Zugang zu Tiefgründigem zu finden – Leute wie mein langweiliger Schwager, ein robuster Kerl, der so sehr um Normalität und Anpassung bemüht ist, daß er jede Möglichkeit der Einzigartigkeit seiner eigenen Persönlichkeit ausschließt. Ich frage mich, ob er nicht eines schönen Tages, wenn er älter ist, aufwachen und der tiefere Teil in ihm feststellen wird, daß er es sich niemals zugestanden hat, wahrhaftig zu existieren, und er dann aus Reue und Scham und Trauer weint.

Manchmal denke ich auch, die bedauernswertesten Leute sind diejenigen, die einst wußten, was Tiefgründigkeit ist, dann aber das Gefühl für das Wunderbare verloren oder abstumpften – Leute, die die Türen, durch die wir die verborgene Welt betreten, selbst geschlossen haben, oder für die sich die Türen auf Grund von Zeit und Nachlässigkeit und in schwachen Momenten gefaßten Entschlüssen verschlossen haben.

Was dann geschah, war folgendes: Cathy und ich gingen an den Rand des Wasserreservoirs, und sie zog aus ihrer Handtasche einen verschließbaren Plastikbeutel, der zwei zartschwänzige, ziemlich blöd aussehende Goldfische enthielt, die ihr Pup-Tent letzte Woche in einem einzelnen Moment von Freundlichkeit gekauft hatte. Wir setzten uns auf die glatten Steine am Ufer des makellosen, sauberen, unendlich dunklen und tiefen Wassers des Sees. Sie sagte zu mir: »Du bekommst nur einmal die Chance, dich zum ersten Mal zu verlieben, nicht wahr?« Und ich erwiderte: »Na jedenfalls hast du die Chance gehabt. Eine ganze Menge Leute warten immer noch darauf.«

Dann stieß sie den Finger in das glasige, stille Wasser, verursachte kleine Wellen und warf ein, zwei Steine hinein. Anschließend nahm sie den Beutel, hielt ihn unter Wasser und durchstach ihn mit ihren scharfen schwarzen Fingernägeln. »Macht's gut, Fischchen«, sagte sie, als die beiden mit trägen Windungen in den Tiefen verschwanden. »Achtet darauf, daß ihr beiden immer zusammenbleibt. Ihr seid für einander die einzige Chance, die ihr je bekommen werdet.«

2

Donny

Donny war ein Stricher, der in dem winzigen Zimmer am Ende des Flurs neben dem Badezimmer wohnte. Er war jung und freundlich und bat mich manchmal, mit ihm zusammen zu essen. Das Essen entpuppte sich meistens als Eis am Stiel, Velveeta Käse und Bier in seinem unansehnlichen Zimmer, in dem die Farbe abblätterte und man sehen konnte, in welchen verschiedenen Farben der Raum zuvor gestrichen worden war. Die einzigen technischen Geräte in dem Zimmer waren ein Telefon und ein Anrufbeantworter für die Beantwortung seiner Anzeigen, die er in der Zeitung aufgab. Er tat mir so leid. Obwohl ich völlig abgebrannt war, gelang es mir irgendwie, ihm ein Essen im A&W zu spendieren.

Donny tat alles Mögliche mit allen Möglichen, aber die meisten Leute wollten gar nicht so viel tun, sagte er. Ein sechzehnjähriges Mädchen bat ihn, mit ihr unbekleidet in einer heißen Wanne zu sitzen; eine etwas ältere, yuppiemäßige Geschäftsfrau zahlte ihm $ 250, nur damit er sich mit ihr »Batmans Wiederkehr« ansah. Donny sagte, Dinge wie diese seien es, die ihn dazu brächten, sich Gedanken über das Wesen des Menschen zu machen – nicht die Jobs, bei denen Leute Ledermasken überzogen und ihn in den Bauch traten.

Jeden Nachmittag, wenn es dunkel wurde, wenn die Fenster dunkel genug waren, um sich in Spiegel zu verwandeln, kam Donny aus dem Badezimmer mit nassem, kurzem schwarzem Haar, das er wie ein Hund schüttelte, um dann die knarrenden alten Stufen des Hotels hinabzustapfen und seinen abendlichen Geschäften nachzugehen. Er sagte, er selbst hielte sich für einen Unternehmer; er sagte, die Jungs von der Straße hätten ihm den Spitznamen »Puttano«, Männernutte, gegeben; er sagte, alles sei besser als der Job, den er zuvor gehabt hätte und bei dem er einen Pendelbus zwischen Flughafen und einem Innenstadt-Hotel hin- und herfahren mußte.

Kurioserweise hatte Donny einen Buchhalter namens Meyer, einen Mammut-Versammlungs-Freak aus dem ersten Stock. Meyer veranlaßte Donny, Anzeigen aufzugeben wie: »Ich erzähle dir meine geheimsten Phantasien ... Gegen $ 20 Dollar in einem S.A.S.E. an STRAMMEN BURSCHEN, Postfach ...« Diese Anzeige diente für den Fall, daß die Leute vom Finanzamt jemals beschließen sollten, Donnys Fall nachzugehen, und er irgendwie sein Geld waschen mußte. Als ob es je dazu kommen würde! Ich kann mir nur vorstellen, daß das einzige Geld, das Donny je gespart haben könnte, die Grundlage für seine Idee von der Zukunft bildete, »eine ganze Reihe Sonnenbänke an einen Computer anzuschließen und kleine Mädchen für $ 3,25 in der Stunde die Knöpfe für mich drücken zu lassen«.

Donny geriet immer in Messerstechereien. Seine Haut ähnelte langsam einer alten Ledercouch im Greyhound-Busbahnhof, aber das alles machte ihm überhaupt nichts aus. Nach einer heftigen Auseinandersetzung auf der Straße, die auf einen öden Krystle-gegen-Alexis-Abend in einem der Clubs folgte, kam Donny eines Nachts mit einem halben Dutzend kalligraphischer roter Schrägstriche über dem ganzen Bauch nach Hause. Ich versuchte ihn zu bewegen, das St. Paul's aufzusuchen, damit man sie nähte, aber er wollte nicht. Als ich ihn fragte, ob er nicht fürchte, es könnte etwas zurückbleiben, bedachte er mich mit einem etwas reservierten Blick und sagte: »Das ist mein Leben, und ich lebe es auf meine Weise.« Daraufhin mischte ich mich nie wieder in seine Angelegenheiten.

Aber Donny provozierte Messerstechereien auch geradezu. Er behauptete, ein Messerstich täte nicht halb so weh, wie man dächte, und Messerstiche seien sogar irgendwie cool, und wenn es dann dazu käme: »Mann, wenn sich die Klinge erst in dich bohrt, macht deine Seele für eine Sekunde einen Satz aus deinem Körper heraus wie ein Lachs, der aus dem Fluß springt.«

Ich kann mich erinnern, wie er mir erzählte, eigentlich fände er es inzwischen langweilig, daß man ihn dauernd niederstach. Er sagte, sein großes Ziel sei es, erschossen zu werden. Er war so neugierig darauf, zu erfahren, wie das wohl wäre, wenn man erschossen wird. Um das Erschießen zu erleichtern, trug er seine Hemden stets weit aufgeknöpft wie einer dieser Typen von 1976.

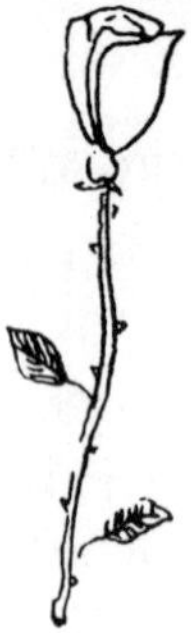

Donny tauchte eher gegen Ende meines Aufenthalts in dem Hotel auf – zu einer Zeit, in der ich mich fragte, ob ich nicht letzten Endes von der Mühe, die es kostete, mit Einsamkeit fertigzuwerden, völlig erschöpft sein würde.

Ich finde, es verlangt erstaunlich viel Energie, sich selbst davon zu überzeugen, daß der Mensch fürs Leben nicht einfach an der nächsten Ecke wartet. Am Ende, glaube ich, sind wir dann doch nicht davon überzeugt. Ich weiß, daß ich es zunehmend schwieriger fand, die Pose gefühlsmäßiger Selbstgenügsamkeit aufrechtzuhalten, wenn ich auf meinem Bett lag oder an meinem Schreibtisch saß und den Möwen dabei zusah, wie sie in den Wolken über den Brücken radschlugen, mich dabei in meine eigenen Arme kuschelte und warmen Schokoladen-Wodka-Atem auf eine Rose hauchte, die ich an einer Straßenecke gefunden hatte, um sie zum Blühen zu zwingen.

Die Zeit läuft, wir werden älter. Ehe wir uns versehen, ist zuviel Zeit vergangen, und wir haben die Gelegenheit versäumt, uns von anderen Menschen verletzen zu lassen. Für ein jüngeres Ich klang das wie ein Glück; für ein älteres Ich klingt das wie eine stille Tragödie.

Manchmal an sonnigen Tagen spazierten Donny und Cathy und ich durch die Straßen und strichen einfach umher. Das Unschuldige dieser Tätigkeit ließ uns das Leben ein bißchen weniger finster erscheinen. Wir kauften Eiscreme, Donny lief auf den Händen, und wir spielten »mock the stock« in einigen der extremeren Versklavungs- und Sex-Shops.

Einmal kamen wir am frühen Abend an einem Wahrsager vorbei – ein grimmiger alter Schluckspecht, der einsam und verlassen hinter einem Kartentisch und einem japanischen Papierkarpfen mit einer brennenden Kerze darin saß und ein wahrscheinlich aus einer Müllhalde errettetes Tarock-Kartenspiel fest umklammert hielt. Wir zogen Donny auf und sagten, er solle sich die Zukunft vorhersagen lassen, aber er flippte aus und weigerte sich entschieden. »Ich lasse mir doch nicht von irgendsoeinem alten Penner mein

Schicksal voraussagen. Mann, wahrscheinlich wohnt der in einem alten Kühlschrank unter der Burrard Bridge. Und wahrscheinlich sitzt er den ganzen Tag in seinem Kühlschrank und belästigt Tennis-Starlets.«

Wir bestanden nicht weiter darauf, und falls der Wahrsager Donnys Bemerkung gehört haben sollte, gab er dies in keiner Weise zu verstehen, und wir gingen weiter.

Nur ein paar Wochen später sah ich, wie sich Donny vergnügt von demselben alten Wahrsager seine Zukunft voraussagen ließ. Ich ging zu ihm hin und sagte: »Hey, Kumpel – ich dachte, du wolltest nicht, daß man dir dein Schicksal voraussagt.«

Und Donny stellte daraufhin ganz nüchtern fest: »Hey, Typ. Hast du das Schild hier nicht gesehen?« Er deutete auf einige schief mit Filzstift auf ein Stück Verpackungskarton geschriebenen Worte neben der Kerze, die besagten:

IcH VeRSPRecHe, IcH WeRDe DiR NiCHT VORauSSAGeN, DaSS Du BalD STiRBST.

»Das allein reicht mir, Mann. Es ist alles, was ich schon immer hören wollte. Lesen Sie weiter, Mister.«

Die Geschichte ist nicht lang. Zu guter Letzt erfüllte sich Donnys Wunsch, und er wurde erschossen – bei einem sehr blöden Drogendeal, der auf einem Parkplatz in Chinatown implodierte –, zweimal in den Hinterkopf und einmal in den Rücken. Letzten Endes war ich derjenige, der den Körper identifizieren mußte, da niemand wußte, wo seine Familie lebte bzw. wer sie war. Ich schätze, sein Lachs sprang aus dem Fluß heraus aufs Land, während der Fluß selbst weiterfließt.

Kurze Zeit danach zog ich aus dem Hotel aus, und ziemlich bald danach verliebte ich mich. Die Liebe war erschreckend und verletzend – nicht nur während sie stattfand, sondern auch hinterher, als ich mich entliebte. Aber das ist eine andere Geschichte.

Gern würde ich mich wieder verlieben, aber meine einzige Hoffnung ist, daß mir Liebe nach alledem nicht allzu oft widerfährt. Ich will mich nicht so sehr ans Verlieben gewöhnen, daß ich neugierig darauf werde, etwas Extremeres auszuprobieren – was auch immer das sein mag.

DINGE, DIE FLIEGEN

Für alle diejenigen, die jemals mit
jemandem Schluß gemacht haben

An einem Sonntagabend sitze ich ganz benommen über den Wohnzimmertisch gebeugt, nachdem ich gerade aus einem tiefen, tiefen Schlummer auf der Couch, die ich mit Pizzaschachteln und zerdrückten Kirschjoghurt-Plastikbechern teilte, erwacht war. Vor mir auf dem Fernsehschirm läuft tonlos eine Spielshow, und mein Kopf ruht auf meinen gefalteten Händen, als würde ich beten, aber das tue ich nicht; ich reibe mir die Augen und versuche, wach zu werden, und dabei fegt mein Haar über die mit Krümeln bedeckte Tischplatte; und ich sage mir im stillen, daß ich trotz allem, was mir in meinem Leben widerfahren ist, niemals den Sinn dafür verloren habe, mich stets kurz vor irgendeiner magischen Offenbarung zu befinden – daß, *wenn ich bloß* die Welt genau genug betrachtete, besagte magische Offenbarung mein sein würde – *wenn ich bloß* dieses kleine bißchen mehr aufwachte, dann ... nun gut, erst einmal werde ich beschreiben, was heute geschah.

Der heutige Tag verlief so: gegen Mittag stand ich auf; Instant-Kaffee; sah mir eine Talkshow an; eine Spielshow; ein bißchen Fußball; ein religiöses Irgendwas; dann stellte ich den Fernseher ab. Lustlos lungerte ich im Haus herum, drückte mich von einem stillen Zimmer ins nächste, drehte dabei die Räder der im Flur in ihren Haltern hängenden beiden Mountainbikes und brachte im Wohnzimmer einen mit verschüttetem Orangensaft verklebten Stapel CDs in Ordnung. Ich schätze, ich versuchte so zu tun, als hätte ich wirklich etwas zu tun, aber, na ja, das hatte ich nicht.

Mein Gehirn kam mir überreizt vor. So vieles hat sich kürzlich in meinem Leben ereignet. Und nach Stunden dieser Ziellosigkeit mußte ich mir schließlich eingestehen, daß ich es nicht einen

Moment länger aushielt, allein zu sein. Und so schluckte ich meinen Stolz hinunter und fuhr zum Haus meiner Eltern weiter oben auf dem Berg an der North Shore: hinauf auf den Berg – hinauf zu den Bäumen meines alten Hauses –, zu meinem wahren Zuhause, schätze ich. Heute war der erste Tag, an dem mir deutlich klar wurde, daß der Sommer vorüber war. Die kalte Luft prikkelte, und die Ahornblätter faulten und verströmten ihren lieblichen Gestank nach verrottenden Eierkuchen.

Oben auf dem Berg bereitete meine Mutter in der Küche gerade Streichkäse-Sandwiches ohne Rinde mit Piment à la 1947 zu, um sie für ihre Bridge-Freunde einzufrieren. Papa saß am Küchentisch und las die »Vancouver Sun«. Sie wußten natürlich, was vor kurzem passiert war, und behandelten mich deshalb wie ein rohes Ei. Dadurch fühlte ich mich seltsam und wie unterm Mikroskop, also ging ich nach oben und setzte mich ins Gästezimmer, um durch das Fenster den schnatternden V-Formationen der Kanada-Gänse zuzusehen, die aus dem nördlichen British Columbia herunter nach Süden in die USA flogen. Es war beruhigend, so viele Vögel fliegen zu sehen – all diese Dinge in unserer Welt zu sehen, die fliegen können.

Mama hatte den Fernseher im gegenüberliegenden Schlafzimmer an gelassen. CNN verkündete gerade, daß Superman programmgemäß in dieser Woche sterben sollte – am Himmel über Minneapolis, und einen Moment lang war ich völlig aus der Fassung gebracht. Ich dachte, das war wirklich ein Zufall, denn erst einen Monat zuvor hatte ich die Stadt Minneapolis auf einer Geschäftsreise besucht; eine neue, kristallne Stadt, die sich glänzend wie Quarz über die Maisfelder des Mittelwestens erhob. Laut Fernsehankündigung sollte Superman in einem Luftgefecht mit einer überlegenen bösen Macht sterben; und wenn ich auch wußte, daß es sich dabei nur um einen miesen Werbetrick handelte, um mehr Comics zu verkaufen – und ich in zwei Jahrzehnten nicht einmal ein Comic *gelesen* hatte –, machte mich der Gedanke daran doch betrübt.

Und dann zogen die Gänse vorüber, und ich saß da und sah zu, wie blauer Rauch die Berghänge hinunterzog, dort wo Leute am anderen Ufer des Capilano Rivers Laub verbrannten. Ein Weilchen später ging ich wieder hinunter, und Papa und ich saßen in der Küche an der Schiebetür und fütterten die Vögel und Tiere im Garten. Wir hatten Körner und Mais für die Meisen, Finken und Stare sowie geröstete Erdnüsse für die Eichelhäher und die schwarzen und grauen Eichhörnchen. So eine Fülle an Leben! Und ich freute mich über diese Geschäftigkeit, denn es ist etwas an den Tieren, das uns von uns selbst ablenkt, uns aus der Zeit entführt und uns unser eigenes Leben vergessen läßt.

Papa hatte für die Eichelhäher einen Maiskolben auf einen Baumstumpf gelegt, die sich jetzt pausenlos darum zankten. Wir warfen ihnen Erdnüsse hin, und mir fiel auf, daß der, dem ich zwei zugeworfen hatte, einfach nur dasaß und sich nicht entscheiden konnte, welche davon nun besser schmecken mochte, so daß er schließlich vor Gier wie gelähmt war und keine der beiden nahm. Und wir warfen auch den Eichhörnchen Nüsse zu, aber die waren so bescheuert, daß sie sogar dann, wenn ich sie mit einer Nuß am Kopf traf, diese nicht fanden. Es ist mir völlig schleierhaft, wie sie es geschafft haben, all die Millionen Jahre zu überleben. Zudem hatte Papa für das im Garten lebende Flughörnchen, dem er den Namen Yo-yo gegeben hatte, Sonnenblumenkerne verstreut. Yo-yo schoß durch den Garten wie eine Flipperkugel.

Mama sagt, die Leute seien an Vögeln nur insofern interessiert, als diese menschliches Verhalten an den Tag legten – Gier und Dummheit und Verärgerung –, und indem sie das tun, befreien sie uns von dem einzigartigen Kümmernis, Mensch zu sein. Sie glaubt, die Menschen hätten es satt, immer alle Schuld für das Schlechte in der Welt auf sich zu laden.

Ich legte Mama meine eigene Theorie darüber dar, warum wir Vögel mögen – darüber, was für ein Wunder Vögel sind, weil sie uns einen Beweis dafür liefern, daß es eine feinere, einfachere Form des Daseins gibt, die zu erlangen wir uns bemühen sollten.

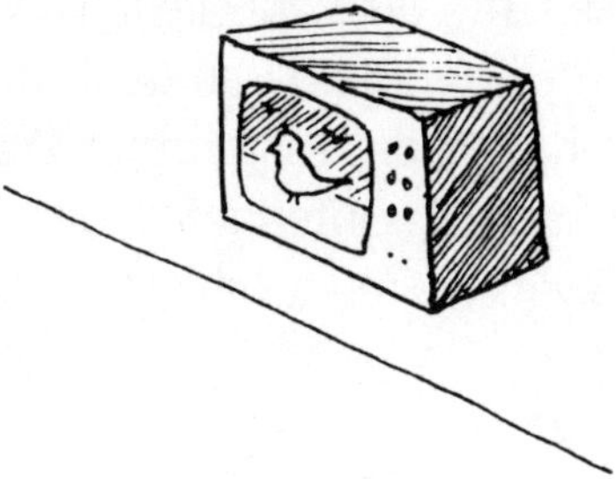

Doch dann überkam mich langsam wieder meine Niedergeschlagenheit, und ich spürte, daß sich Mama und Papa unbehaglich fühlten, weil sie befürchteten, ich könnte jeden Moment in mich zusammenfallen. Ich konnte die Erleichterung auf ihren Gesichtern lesen, wenn ich über die Eichelhäher lachte, als sei ich jetzt geheilt, und das deprimierte mich, gab mir das Gefühl, ein Freak zu sein, und so ging ich wieder hinauf ins Fernsehzimmer, schaltete den Fernseher ein und versteckte mich. Ich mußte an all das Unerfreuliche denken, das mir vor kurzer Zeit widerfahren war. An all die schlechten Dinge, die ich anderen Leuten in meiner Welt angetan hatte – und ich habe viele schlechte Dinge getan. Ich schämte mich; mir war zumute, als hätten all die guten Taten, die ich je vollbracht hatte, nie die geringste Bedeutung gehabt.

Und im Fernsehen waren immer noch mehr

Vögel zu sehen! Was für liebenswerte Geschöpfe, und ich mußte daran denken, was für ein Glück wir haben, daß es Tiere gibt. Was haben wir Menschen jemals Gutes getan, daß wir diese von Gott gewährte Freundlichkeit verdient hätten?

Da war ein hübscher grauer Wellensittich zu sehen, der gelernt hatte, menschliche Gegenstände zu unterscheiden – Dreiecksformen und Autoschlüssel und die Farbe Blau – und das Wort dafür sagen konnte. Dieser kleine Wellensittich war so eifrig bemüht, sich an diese Gegenstände zu erinnern, und besaß eine gut verständliche Frauenstimme wie von einer Telefonistin weither aus Texas. Der Wellensittich machte mir klar, wie schwierig es ist, im Leben irgend etwas zu lernen, und selbst dann gibt es keine Garantie dafür, daß du es je gebrauchen könntest.

Auf einem anderen Programm wurden Bilder aus dem Zoo in Miami, Florida, gezeigt, über den ein Hurrikan hereingebrochen war, und man sah Aufnahmen von Enten und großen eleganten Vögeln, die inmitten der Trümmer schwammen, dabei nur nicht wußten, daß es Trümmer waren. Es war einfach die Welt.

Und dann kam noch einmal dieselbe Ankündigung, daß Superman sterben würde – nur wurde mir diesmal klar, daß ich die Stadt falsch verstanden hatte –, er sollte über *Metropolis*, nicht über Minneapolis sterben. Aber ich war immer noch traurig. Mir hatte die Idee von Superman immer gefallen, weil mir die Idee gefiel, daß es einen Menschen auf der Welt gibt, der nichts Schlechtes tut. Und daß es einen Menschen auf der Welt gibt, der fliegen kann.

Ich selbst habe oft Träume, in denen ich fliege, aber ich fliege nicht so wie Superman. Ich lege einfach meine Arme hinter meine Schultern und schwebe und bewege mich voran. Ich muß wohl nicht betonen, daß dies mein Lieblingstraum ist.

Im Fernsehen waren jetzt Bilder von vor Freude kreischenden Kranichen beim Balztanz zu sehen, und sie waren so reizend und anmutig, daß ich dachte: Könnte *ich* bloß so ein vor Freude kreischender Kranich sein und wäre imstande, wie sie auf dem Wasser zu treiben und zu fliegen, dann hätte ich das Gefühl, immer verliebt zu sein.

Und dann fühlte ich mich ganz einfach einsam und hatte die Schnauze voll von all der Schlechtigkeit in meinem Leben und in der Welt, und ich sagte zu mir selbst: Bitte, lieber Gott, mach aus mir einfach einen Vogel – das ist alles, was ich mir je wirklich gewünscht habe –, einen anmutigen weißen Vogel, frei von Scham und Makel und der Furcht vor Einsamkeit, und gib mir andere weiße Vögel, mit denen ich fliegen kann, und einen so großen, weiten Himmel, daß ich niemals landen muß, wenn ich nicht möchte.«

Aber statt dessen gab mir der liebe Gott diese Worte, und ich sage sie hier.

Und abschließend will ich noch hinzufügen, daß ich an dem Abend, als ich wieder nach Hause kam, durch die Tür trat, über meine herumliegenden Sachen hinwegschritt, auf die Couch und in tiefen Schlaf sank und zu träumen begann; und ich träumte, ich sei wieder in Minneapolis, wieder bei den Maisfeldern. Ich träumte, ich sei mit einem der gläsernen Fahrstühle hinauf auf die Spitze von einem der grünen Wolkenkratzer gefahren, ganz nach oben zum obersten Stockwerk, auf dem ich dann vollkommen außer mir umherrannte, von einer Fassadenseite des Wolkenkratzers zur anderen, und durch die großen Glasscheiben spähte – in dem verzweifelten Versuch, einen Weg zu finden, um Superman zu beschützen.

DIE FALSCHE SONNE

1

Im Gedenken an die Sonne

An einem verregneten Samstagnachmittag, am 6. November 1971, bekam ich das allererste Mal ein McDonald's Restaurant zu Gesicht. Es war die Feier zu Bruce Lemkes 10. Geburtstag, und das McDonald's lag Ecke Pemberton Avenue und Marine Drive in North Vancouver, British Columbia. Ich kann mich an das Datum so genau erinnern, weil dies auch Tag und Uhrzeit des Cannikin-Atomtests auf der Aleuten-Insel Amchitka war – ein 4 bis 5 Megatonnen schwerer Spartan-Missile-Sprengkopf wurde gezündet auf dem Grund eines 1,5 Meilen tiefen Schachtes, den man in diese Insel Alaskas gebohrt hatte. Die Presse hatte einen Riesenwirbel um die Sprengung veranstaltet, da sie ungefähr viermal stärker als jede vorausgegangene unterirdische Detonation sein sollte.

Den Befürchtungen des Tages entsprechend, sollte die Explosion über seismischen, mit Vancouver verbundenen Gräben stattfinden und Kettenreaktionen auslösen, die wiederum den Großvater aller Erdbeben zum Leben erwecken konnten. Das Park-Royal-Einkaufszentrum konnte entzweibrechen und in Flammen aufgehen; der Cleveland-Damm oben am Capilano River konnte zerbersten und alle diejenigen, die im darunterliegenden Einkaufszentrum überlebt hatten, ertrinken. Die L-förmigen modernen Vorstadthäuser an den Berghängen mit ihren »Küchen von morgen« und Blick über die Stadt, würden zerbröckeln wie so vieler Müll – um dann sechs Stunden später von einem Tsunami weggespült zu werden.

Ich kann mich erinnern, wie ich auf meinem lilafarbenen Venylstuhl saß, nichts essen konnte und aus dem Fenstern starrte, auf den Blitzschlag wartete, darauf wartete, daß die Autos in den Himmel hinaufschwebten, daß die Hamburglar-Plastik zerschmolz, daß die Bodenfliesen auseinanderbrachen und Lava freigaben.

Natürlich passierte nichts. Eine halbe Stunde später fuhren wir in Mrs. Lemkes Kombi davon, um uns in den Park Royal Twin Theatres »The Railway Children« anzusehen. Aber in meinem Gehirn waren Verbindungen hergestellt worden, Zusammenhänge, von denen ich mich auch heute noch, zwanzig Jahre später, nur schwer lösen kann: erstens, daß McDonald's für das Böse steht; zweitens, daß Technologie nicht immer mit Fortschritt gleichzusetzen ist.

Eine weitere Nuklear-Episode, eine liebevoll gehütete Familiengeschichte. Es ist die Nacht des 20. Oktobers 1962, und meine Mutter ist bei einer Tanzveranstaltung in der Offiziersmesse der Canadian-Air-Force-Basis in Baden-Söllingen, Westdeutschland, meinem Geburtsort. Ich bin 294 Tage alt. Mein Vater ist an dem Abend in Air-Force-Angelegenheiten in der Schweiz unterwegs. Ein Adjudant tritt ein und flüstert den Jet-Fighter-Piloten etwas ins Ohr. Innerhalb von Minuten gleiten die Piloten von der Tanzfläche herunter, hinaus auf die Startbahn, wo sie dann in 24-Stunden-Turns in ihren Fliegern festgeschnallt sitzen, während ihre Frauen in ihren von Diors »New Look« inspirierten Kleidern verdattert und allein zurückbleiben. Verwirrt begeben sie sich zurück in die privaten Unterkünfte für Eheleute – die PMQs –, wo sie den Babysitter bezahlen und die Küchenschränke auf Vorrat an Milchpulver hin untersuchen. Das Zenith-Kurzwellen-Radio ist eingeschaltet und wird über die nächsten drei Tage nicht abgeschaltet.

Am nächsten Tag ist der PX, der Einkaufsladen für die Truppe, geschlossen. Abwechselnd passen die Mütter auf die in den Sandkästen spielenden Kinder auf und hören die Radioberichte ab. Wahrscheinlich begegnen sie der Situation ruhiger als Frauen aus der Zivilbevölkerung. Die Ehefrauen der Militärs haben schon andere Krisen und Alarmbereitschaften hinter sich, wenn wohl auch keine so bedeutend wie diese. Europa 1962 ist eine Arena der Angst. Zu beiden Seiten der Autobahn lauern unter den dünnen Tannen des Schwarzwalds unzählige Tausend getarnte Panzer. Düsenjäger dröhnen täglich über die Militärbasis. Der Eiserne Vorhang ist nie weiter als eine Tankfüllung entfernt.

Die Krise verschärft sich. Zum ersten Mal werden die Frauen in die sogenannten »Bunker« geführt – unbenutzte, spindgroße Möbellagerräume mit Fenstern im Erdgeschoß der PMQs. Darin sind weder Möbel noch Essen oder Vorräte – weder Windeln noch Beruhigungsmittel, kein Verbandszeug oder sauberes Wasser. Dafür liegen in einer Ecke seltsamerweise sechs Büchsen Kaviar. Als sich die Frauen darüber beschweren, wird ihnen von den Verwaltungsbeamten der Basis entgegnet, man könne gut auf sie verzichten. *»Das hätten Sie doch wissen müssen, ehe Sie mit Ihren Männern nach Übersee kamen.«*

Die Frauen sitzen im Halbdunkel und lauschen dem Radio, während ihre Babys weinen. Sie blikken hinauf in den Himmel und fragen sich, was wohl als nächstes passiert. Endlich erklingen aus dem Zenith die erlösenden Worte: *»Die sowjetischen Schiffe scheinen abzudrehen.«* Das Leben beginnt wieder; die Zeit setzt wieder ein.

Zusammenhanglose Bilder: In der High School – Sentinel Senior Secondary, West Vancouver, British Columbia – oben auf dem Berg mit Blick über Vancouver höre ich während des Physikunterrichts einen Düsenjäger über meinen Kopf hinwegdröhnen, drehe mich verstohlen um und warte auf den Blitzschlag, der die Stadt in Schutt und Asche legt.

Im Alter von acht: Ich höre an der Ecke Stevens Drive und Bonnymuir Drive im Rahmen einer Zivilschutzübung Sirenen aufheulen und stelle fest, daß sich anscheinend niemand darüber beunruhigt.

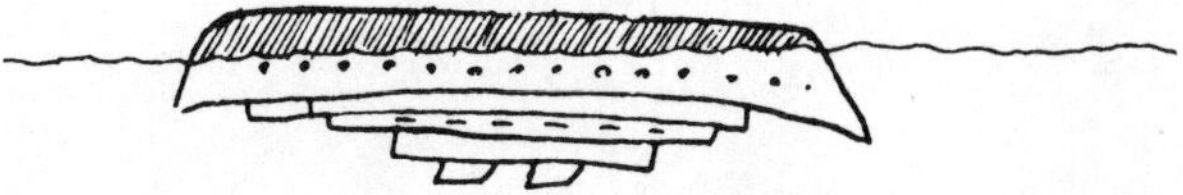

Die 70er Jahre und ihre Katastrophenfilme: Ich sah zum ersten Mal »Den Untergang der Poseidon« – der erste Film, für den ich mich allein ins Orpheum Theatre in der Innenstadt wagte, um mir eine umgekippte, auf den Kopf gestellte Welt anzuschauen. »Das Beben«; »Der Omega-Mann«; »The Andromeda Strain«; »Soylent Green«; »Flammendes Inferno«; »Silent Running«; Filme, wie sie heute keiner mehr dreht, weil sie alles so lebhaft in unsere Köpfe projezieren – daß wir zu den letzten Menschen gehören, die untergegangene, entzündete, zusammengebrochene und entvölkerte Welten bewohnen.

Vor einem Jahrzehnt lernte ich in der Kunstschule, daß die beste Art, sich eine Landschaft einzuprägen, darin besteht, die Augen für einige Sekunden zu schließen und dann umgekehrt zu blinzeln. Das heißt, mach deine Augen nur kurz auf, um den Bildern vor dir die Möglichkeit zu geben, sich eher durch einen kurzen Blick als durch einen ausgiebigen auf deiner Retina einzubrennen. Ich erwähne dies, weil es im wesentlichen dasselbe Prinzip ist, das in Kraft tritt, wenn deine Welt vom Atomblitz erhellt wird.

Die Vorstellung vom Blitzschlag ist ein immer wiederkehrendes Motiv, sowohl in meinen alltäglichen Gedanken als auch in meinen Träumen. Meine am häufigsten wiederkehrende Vorstellung vom Blitzschlag ist die: Ich sitze im obersten Stockwerk eines 70er-Jahre-Appartmentgebäudes aus Zement direkt am Ozean von West Vancouver, sitze im 20. Stock und blicke hinaus auf den Ozean. Einer der Leute bei mir im Zimmer sagt: »Sieh mal«, und ich schaue hin und sehe, daß die Sonne viel zu schnell viel zu groß wird, ähnlich dem Aufwölben einer Jiffy-Pop-Popcorn-Aluminiumtüte, und orange glüht wie eine elektrische Herdplatte. Und dann bin ich aufgewacht.

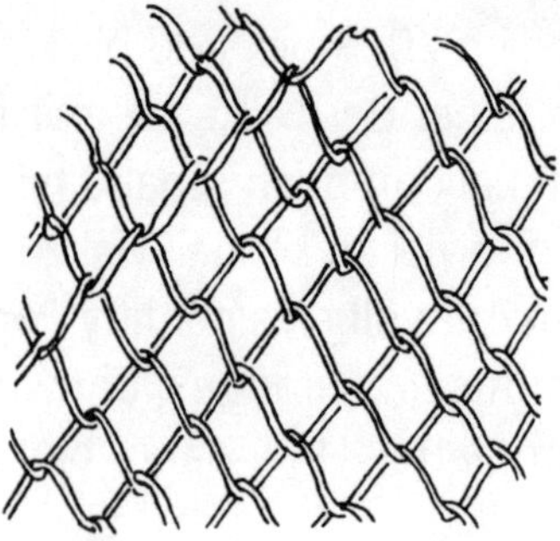

Ein anderes stets wiederkehrendes Bild: Ich stehe während der Sportstunde auf dem Fußballplatz der High School. Da ertönt ein Grollen, und unsere Mannschaft unterbricht die Kickerei, wir gehen hinüber zu dem Maschendrahtzaun und schauen durch ihn hindurch nach Süden, wo weit jenseits des Horizonts, unseres Wissens in 110 Meilen Entfernung, Seattle liegen soll. Anstelle von Seattle sehen wir, wie eine graue Säule aus Staub und Geröll in den Himmel hinaufstößt, wie die Erde ins Universum vordringt, so hoch hinauf, daß sie nie wieder zurückkehren wird – die Erde ist zum Himmel geworden.

Ein drittes stets wiederkehrendes, sehr einfaches Bild: Ich schaue im Haus meiner Eltern durch das von Stechpalmenzweigen umrahmte Wohnzimmerfenster auf den Ahornbaum, der auf dem Rasen des Vorgartens steht; der Blitz gellt auf; ich bin wach.

Wenn du jung bist, erwartest du immer, daß die Welt gleich untergeht. Und dann wirst du älter, und die Welt tuckert immer weiter voran, und du bist gezwungen, deine Haltung zur Apokalypse neu zu überdenken, ebenso wie dein Verhältnis zu Zeit und Tod. Dir wird klar, daß sich die Welt tatsächlich weiterdreht, ob nun mit dir oder ohne dich und den Bildern in deinem Kopf. Also versuchst du schon lieber, diese Bilder zu verstehen.

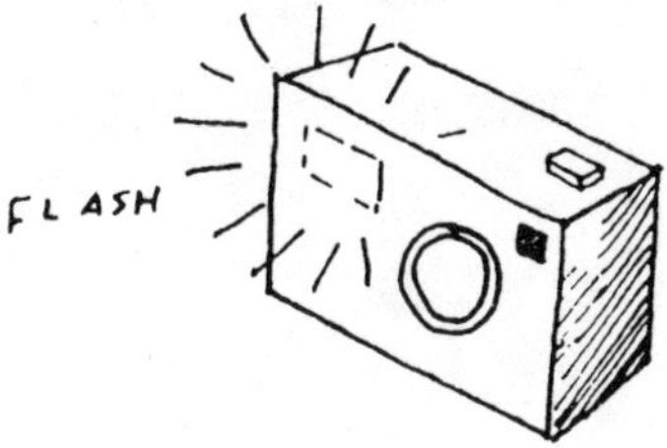

In modernen Mittelstands-Kulturen verursacht das Nichtvorhandensein des Todes in den frühen Jahren bei den meisten Leuten sozusagen ein psychisches Vakuum. Für viele ist der Gedanke an eine atomare Konfrontation die erste wahre Berührung mit dem Nichtexistieren, und da sie die erste ist, kann sie die mächtigste und unauslöschlichste sein. Feinere Erwägungen des Todes im späteren Leben erreichen nie mehr diese erste Intensität – die moderne Sex-Tod-Formel; mysteriöse Pauschalerklärungen; die Geisteskrankheit von Freunden; der tatsächliche Tod von Menschen, die wir lieben – alle schmerzlichen Geschenke des Lebens. Zumindest sage ich mir das, um eine Erklärung für die Bilder in meinem Kopf zu finden, die einfach nicht weichen wollen.

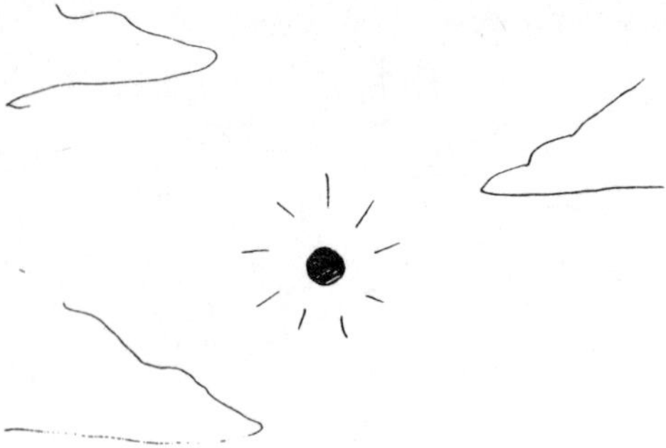

Und diese Bilder sind verbreiteter, als mir zunächst klar war, und nicht nur typisch für mich. Ich habe viele Bekannte und viele Fremde dazu befragt und ihre Geschichten gehört, Erzählungen über ihr umgekehrtes Blinzeln. Und wenn die Bilder auch von einer Person zur anderen äußerst unterschiedlich ausfallen – einige erleben den Blitzschlag mit ihrer Familie, andere mit Liebhabern, einige mit Fremden, wieder andere mit Haustieren, viele von ihnen allein – so zieht sich durch sie doch ein gemeinsamer roter Faden, und zwar folgender: Der Blitzschlag kann sich über den Randgebieten einer Stadt im Delta des Fraser Rivers ereignen, über Richmond oder über White Rock; der Blitzschlag mag über dem Hafen von Vancouver, über der Meerenge von Juan de Fuca oder über dem Pazifischen Ozean losbrechen; er mag über der Grenze Amerikas, über

Seattle, Bremerton, Tacoma, Anacortes oder Bellingham erfolgen. Aber der Blitzschlag – der uns durch sein grelles Zucken daran erinnert, was *war*, der uns wehmütig werden läßt, noch bevor unsere Zeit gekommen ist – richtet sich immer nach Süden, immer, hoch droben am Himmel, hoch oben, wo, soviel wir wissen, einmal die Sonne gewesen sein soll.

2

Die Toten sprechen

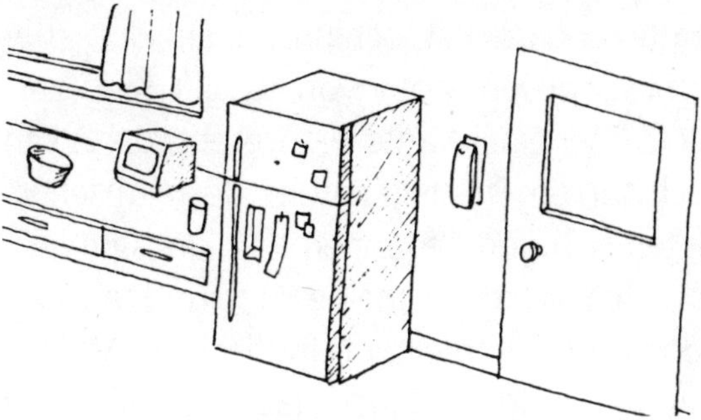

Ich stand am Kühlschrank in der Küche, als es geschah.

Das Telefon an der Wand neben dem Kühlschrank läutete, also ging ich hin, um den Hörer abzunehmen, als der Eisautomat ganz plötzlich, aus heiterem Himmel ratternd, Eiswürfel auszuspucken begann; ich fand das ziemlich merkwürdig. Dann sprang eine Schranktür auf und gab die Sicht auf das Geschirr frei – und dann flakkerte die Deckenbeleuchtung hell auf. Die Spielshow, die im Fernseher auf dem Küchentresen lief, wurde abrupt unterbrochen, und auf dem Bildschirm erschienen Farbstreifen, begleitet von einem durchdringenden Ton, und dann war etwa eine Sekunde lang ein Nachrichtensprecher mit einer Landkarte von Island im Hintergrund zu sehen. Ich sagte »Hallo« ins Telefon, aber es verstummte, und der Blitz schlug ein. Ein Plastikbecher mit *Simpson*-Motiv von Burger King zerschmolz über einer Kante des Tresens; die Ecken des schwarzen Plastikgehäuses des Fernsehers rundeten sich und begannen sich langsam aufzulösen. Ich blickte auf meine Hand und sah, daß sich das Telefon in meiner Handfläche in Matsch verwandelte und ein Stück Haut aufklaffte wie die Streifen Hühnerfleisch auf einem mexikanischen Sandwich. Und dann setzte das Dröhnen ein. Das Küchenfenster zerbarst nach innen, hell und glitzernd wie Goldstaub auf einem Weihnachtsbaum, und der Mixer wurde gegen die Wand geschmettert, und die Notizzettel am Kühlschrank flammten auf, und dann war ich tot.

Ich ließ mir gerade das Haar schneiden, als es geschah.

Ich saß hinter einem Vorsprung der vorderen Abteilung des Frisiersalons und sah den Blitzschlag zuerst im Spiegel. Sasha, eines der Mädchen vorn am Empfang, ließ eine Kaffeetasse fallen, hielt ihren Arm vors Gesicht und schrie auf, und ich war wie versteinert und konnte nur zusehen. Wie viele Leute hielt ich ihn für einen Gewitterblitz – aber ich wußte, das konnte es nicht gewesen sein, weil der Tag sonnig gewesen war. Das ging mir durch den Kopf, als ich sah, wie die Birkenfeige im Topf braun wurde und dann in Flammen aufging und die Pyramide aus Vidal-Sassoon-Shampoo-Plastikflaschen neben der Kasse zerschmolz und über den Tresen hinabtröpfelte. Die Sprinkleranlage setzte sich in Gang und ließ über den Salon Regen niedergehen, der sich in Dampf verwandelte; es mochte etwa eine Sekunde gedauert haben, ehe der Feuersturm durch die Vorderfenster hereinbrach und einen gelben Corvette sowie brennende Passanten durch das berstende Glas hereinkatapultierte und gegen die hintere Wand bei den Waschbekken schmetterte. Ich kann mich nicht an Geräusche erinnern, aber es muß nach Sashas Aufschrei welche gegeben haben. Ich erinnere mich, wie der braune Plastikumhang über Lauras Skelett zerschmolz wie Käse auf einem Hamburger, erinnere mich an den Geruch von verbranntem Haar – ich nehme an, meines – und an die Schlackeblöcke der Wände, die auf mich herabfielen, so daß mich letzten Endes die einstürzenden Wände umbrachten und nicht die Hitze- oder die Druckwelle.

Ich steckte in einem Verkehrsstau während der Rush-Hour, stand in der Mitte der drei Schnellspuren stadtauswärts, als es geschah.

Ich hatte das Radio angestellt und suchte die UKW-Sender ab, aber plötzlich war der Empfang gestört, und ich dachte schon, es sei kaputt, also fummelte ich weiter an den Knöpfen herum, den Kopf nach unten über das Armaturenbrett gesenkt. Genau in dem Moment fingen viele Autos um mich herum an zu hupen, und eines von ihnen scherte aus der rechten Spur aus und fuhr auf der Standspur. Im Radio begann daraufhin eine Frauenstimme, »strategische« Ereignisse über Baffin Island und Nord-Minnesota zu erörtern, und genau in dem Moment zuckte der Blitz auf, rasch, loderte eine Sekunde lang, aber meine Augen mußten sich danach erst wieder umgewöhnen, wie wenn man auf der Sonnenbank liegt und das Licht plötzlich ausgeht. Als sich meine Augen wieder umgestellt hatten, stand zwei Wagen vor mir das Cabrio-Verdeck des Mazda Miata in Flammen, und die Zedern am Straßenrand sowie die Reifen aller Autos qualmten und brannten, und mir blieb nicht einmal Zeit, mich zu dukken, bevor der Feuersturm losbrach und alle unsere Autos nach vorn trudeln ließ wie Flaschen auf einem Tisch, die von einem Betrunkenen umgestoßen wurden, und der Kaffee in meinem Armaturenbretthalter spritzte auf die Windschutzscheibe und gab dabei ein zischendes Geräusch von sich. Dann tat mein Wagen einen Satz durch die Luft auf das Heck eines brennenden Acura Legend, und die Windschutzscheibe zersplitterte. Geräusche? Ein Dröhnen, schätze ich; es geschah so schnell. Meine Fenster standen offen, die Innenstadt lag genau vor mir, und der Windsturm blies mir entgegen – zwei Motorradfahrer trieben wie Heliumballons dahin, ebenso eine Telefonzelle, Bruchstücke von Autos und Bäumen sowie kleinere Wagen –, an einen Mitsubishi erinnere ich mich, mit einer toten Frau auf dem Fahrersitz; ihr Genick, um das eine Perlenkette schlenkerte, war offensichtlich gebrochen, das Haar war verschwunden, und aus dem Fenster fiel ihre Aktentasche. An diese Einzelheiten erinnere ich mich sehr gut. Ich erinnere mich, daß das Atmen schwerfiel wie in einer Sauna. Und ich erinnere mich, wie ein Sattelschlepper in meinen Wagen krachte und wie sich mein Dach hochwölbte; und dann war ich tot.

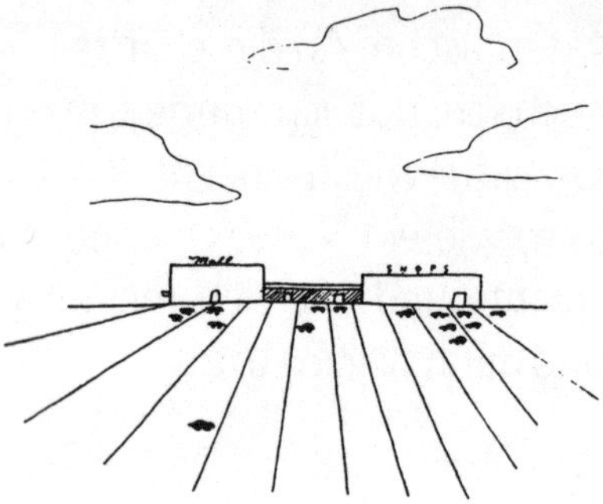

Ich war im Einkaufszentrum, als es geschah.

Ich ging gerade die Galerie im Haupttrakt hinunter, an der Hand die beiden Kindern, die quengelten, sie wollten wieder zurück und sich die Tiere in der Zoohandlung ansehen, aber ich hatte an dem Nachmittag so viel zu erledigen, daß ich ihnen einfach nicht nachgeben konnte. Amy zerrte dauernd an meinem Ärmel, und ich glaube, ich war drauf und dran, sie auszuschimpfen, als es blitzte und wir alle zu dem Glasdach über uns hochschauten – ziemlich blöd, ich weiß –, wo die zur Dekoration aufgehängten Papierdrachen wie Kleenextücher in Flammen aufgingen und die Glasscheiben sowie die Metalleinfassungen bereits absackten. Ich erinnere mich, wie erleichtert ich war, daß wir uns zu tief im Innern des Einkaufszentrums befanden, um die direkten Auswirkungen der Hitzewelle zu spüren. Es ist erstaunlich, welche Gedanken einem in so kurzer Zeit durch den Kopf gehen – und am Himmel erschien ein Flugzeug, es war reiner Zufall, daß wir es zu sehen bekamen, geriet ins Trudeln und drehte sich um sich selbst wie ein launisch weggeworfenes Spielzeug. Ich schrie den Kindern zu: »Runter auf den Boden!«, aber sie waren wie gebannt von dem brennenden Himmel über ihnen, und ich zerrte sie an ihren Jacken nach unten, und sie fielen auf ihre Hintern, als der Sturm losbrach. Die obere Galerie verschob sich abrupt zur Seite wie eine riesige Scheibe Brot und schnitt uns vom größten Teil der Sonne ab. Und ich erinnere mich, wie der Inhalt aus den Läden des oberen Geschosses auf uns niederprasselte, all die Schuhe und Tische und Kaffeemaschinen und Pullover, als würde eine Handtasche ausgeleert, und wie die grauen Staubwolken aus dem Zentrum des Sturms über das, was vom Himmel draußen noch zu sehen war, hinwegschossen, als berieselte man uns mit grauem Puderzucker. Es ertönte ein Rauschen wie von einem Wasserfall, und dann stürzten die zementverstärkten Stützpfeiler herab, und ich versuchte die Kinder zu schnappen und den Pfeilern auszuweichen, aber sie fielen von oben und hinter uns nieder, und der Lärm war so stark, und es gab kaum Licht, und der Himmel war verkleistert von Staub und Klamotten und Schokoladenkeksen und Preisschildern und zerbrochenem Glas und Blut, so daß man kaum etwas tun konnte. Und dann wurde aus der Luft langsam der Sauerstoff gesogen, bis es unmöglich war zu atmen. Letzten Endes bin ich also erstickt.

Ich war im Büro, und der Tag neigte sich dem Ende zu, und die Leute schickten sich an, nach Hause zu gehen, als es geschah.

Ellen, deren Arbeitsplatz neben meinem lag, stöhnte, daß die Computer gerade wieder einmal abgestürzt seien, und ich schaute auf meinen IBM, und der war ebenfalls leer. Ich wollte gerade hinüber zu ihrem Arbeitsplatz gehen, und sie rief nach Ricky, unserem Computerexperten im Büro, da fiel der Strom aus, und im ersten Moment, als das Licht erlosch, blickten wir verwirrt um uns, da blitzte es: Titanweißes Licht wie von einem Xeroxkopierer mit aufgeklapptem Deckel. Der Blitz drang von der Fensterfront auf der anderen Seite des Büros neben der Kantine herüber, und ich sah, wie Brent und Tracy auf uns zugestürzt kamen, rot aufglühten, weil die Lichtstrahlen und die Gammastrahlen durch ihre Körper hindurchdrangen und sie von innen heraus wie abgetriebene Embryonen beleuchteten. Gleich nach dem Aufzucken des Blitzes fiel Tracy auf ihre Knie, und Brent brach über einem Bürostuhl zusammen. Ellen und ich wollten gerade zu ihnen hinüber, als der Sturm hereinbrach wie ein berstender Damm, durch die Fenster krachte und mit Brent und Tracy und allen Büromöbeln im Schlepptau geradewegs wieder hinaus durch das Fenster auf der gegenüberliegende Seite des Gebäudes jagte, hinunter auf den Angestelltenparkplatz. Auch ich wurde in die Richtung mitgezerrt und griff nach einem schwarzversengtem, qualmendem Schalldämpfer, und ich erinnere mich, daß ich eine Computer-Tastatur sah, die auf der Kante des jetzt weggefegten Fensters schwankte, als könne sie sich nicht entschließen, hinunterzupurzeln oder nicht, dann hinausfiel und ein Gewirr aus Kabeln mit sich riß. Ich erinnere mich, wie Tracy die Hand nach mir austreckte, als sie hilflos aus dem Gebäude herausgesaugt wurde, wobei ihr Blut aus den Ohren sickerte, ihr Haar nach hinten gerissen wurde und eine Flasche Liquid Paper an ihrem Schädel explodierte, und ich erinnere mich, daß ich meine Hand nach der ihren ausstreckte und sie fest umklammerte, während wir aus dem Gebäude herausgezogen wurden und dann gemeinsam starben. Irgendwo oben am Himmel.

Wir sind nicht mehr unter euch.

Es ist jetzt viel später. Atme bitte gut durch, denn was *du* dringend brauchst, ist Atem – Sauerstoff, Licht und Wasser. Und Zeit. Nicht aber uns. Wir sind nicht mehr unter euch. Wir zählen nicht mehr zu den Lebenden. Die Vögel sind jetzt hier bei uns – hierher sind sie gekommen. Und die Fische aus dem Meer – sowie die Pflanzen und all die herrlichen Tiere Gottes.

Es ist auch kühler hier, und es ist ruhig. Und wir sind verwandelte Seelen; wir sehen die Dinge nicht mehr in der gleichen Art und Weise. Denn es gab einmal eine Zeit, in der wir das Schlimmste erwarteten. Doch dann traf das Schlimmste ein, nicht wahr? Also werden wir niemals wieder überrascht sein.

GETTYSBURG

Deine Mutter und ich verbrachten unsere Flitterwochen wie Banditen in einem verbeulten 78er Monte-Carlo-Mietswrack. Wir übernachteten in billigen Motel-Absteigen die Appalachen hoch und runter und stellten uns vor, wir wären Ganoven mit einem Verbrecherleben – würden Satelliten erobern, Fernsehpredigergesülze verreißen und die Glasfassaden des Caesar's Palace mit geschulterten Adidas-Taschen voller gestohlener Diamanten herabklettern. In North Carolina kauften wir eine Pistole und schossen auf Straßenschilder; anstatt zu baden, sprühten wir uns Calvin Kleins Eternity unter die Achseln; wir verloren Geld bei Bingospielen in Kirchen und aßen in Schmalz frittierten Wels. Es waren zehn Tage, in denen wir nicht wir selbst sein mußten, unsichtbar und frei waren und die Hoffnung hegten, daß das Kindische unserer Taten den Erwachsenencharakter unserer Heirat aufhob.

Du selbst wurdest mit Liebe irgendwo in einem billigen Hotel in den ersten paar Tagen empfangen. Deine Mutter hatte ihr Verhütungsmittel in der Hochzeitsnacht abgesetzt und war entschlossen, unverzüglich schwanger zu werden. In der ersten Nacht in einem Motel irgendwo in West Virginia befahl sie mir, die Vorhänge aufzulassen, während wir unsere Ehe vollzogen, und erzählte mir hinterher von der ersten sexuellen Erfahrung in ihrer Kindheit – eines Morgens hatte sie in das Fenster eines Motelzimmers im zweiten Stock gelugt, während ihre Familie Disneyland besuchte, und hatte einem Ehepaar in den Flitterwochen dabei zugesehen, wie es sich liebte; die Frau rittlings auf dem Mann, die Arme zurückgelehnt, den Rücken gewölbt, während ihre schaukelnden Brüste gen Himmel schossen. Mitten in der Betrachtung dieser ungehemmten Vorstellung drückte der Vater deiner Mutter auf die Hupe seines Kombis, und sie mußte hinuntergehen. Doch dann wurde der Wagen durch etwas anderes auf dem Parkplatz aufgehalten, so daß deine Mutter noch einmal hinauf in den zweiten Stock schleichen konnte – um dort geschlossene Vorhänge vorzufinden; doch in einer Ecke des Fensters, durch das sie hineingelugt hatte, war mit dem Diamanten eines Verlobungsrings ein Happy Face eingeritzt.

Während der Flitterwochen besuchten wir auch Gettysburg, einen Ort, den ich schon immer einmal sehen wollte, den deine Mutter aber nicht sonderlich aufregend fand und wo sie schmollend von einem der vielen Souvenirläden zum anderen zog, während ich an den Denkmälern entlang und über den Friedhof wanderte und an die Vergangenheit dachte, an Krieg, an den merkwürdigen Fluß der Zeit und an Respekt vor erhabenen Ideen. Ich fühlte mich ergriffen; ich glaube nicht, daß deine Mutter die Stimmung der Woche von irgend etwas Größerem als unserem eigenen kleinen Glück überschattet haben wollte.

Als ich zum Auto zurückkam, sah ich, daß deine Mutter dir dieses kitschige Puppenhaus gekauft hatte, das du so sehr magst – das Häuschen einer Stadtfamilie – sowie einige kleine Möbel und ein paar Flickenpüppchen, die darin wohnen sollten. Ich bin sicher, sie wußte zu der Zeit schon, daß sie mit dir schwanger war.

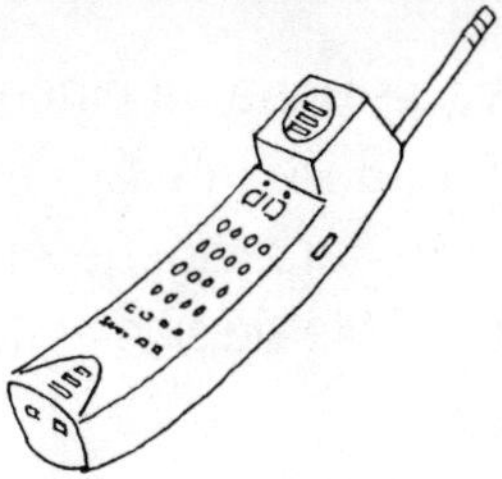

Ich schwelge hier in Erinnerungen. Verzeih mir. Meine Stimmung ist heute wankelmütig wie das Wetter. Der Himmel tut vier Dinge gleichzeitig – regnen, hageln, sonnig strahlen und, so wie es weiter oben auf dem Grouse Mountain aussieht, schneien. Er weiß einfach nicht, was er tun soll.

Und dies ist der Grund dafür, warum meine Gedanken heute überall und nirgends sind: Deine Mutter hat mich vor einer Woche verlassen und dich mitgenommen.

Jeden Tag ruft sie mich aus dem Haus ihrer Mutter an, und wir sprechen miteinander. Das ist besser als nichts. Sie sagt, sie liebe mich nicht mehr. Sie sagt, sie sei verwirrt. Sie sagt, sie fühle sich verloren, in der Art, wie sie sich fühlte, als sie jünger war.

Ich erwiderte ihr, daß jeder sich verloren fühlt, wenn er jung ist.

Aber sie sagt, es gebe da einen Unterschied. Sie erzählt mir, daß sie, als sie jünger war, sich immerhin auf ihre ganz eigene Art verloren gefühlt habe. Jetzt fühle sie sich einfach nur verloren wie jeder andere.

Ich fragte sie, ob sie unglücklich sei; sie sagt, es sei keine Frage von Glücklichsein. Sie sagt, sie erinnere sich an etwas anderes aus ihrer Jugend – sie erinnere sich an eine Zeit, als die Welt voller Wunder war, als das Leben ein Strang aus miteinander verwobenen magischen Momenten war, eine Abfolge von Mysterien, die ihr offenbart wurden und die sie in einer Art Trance zurückließen. Sie erinnert sich an eine Zeit zurück, als sie nur einfach über Dinge wie Leben und Tod und das Universum sprechen mußte, damit sie sich fühlte, als wäre sie ein Teil der Sterne. Sie weiß nicht, wie sie diesen Zauber wiedererlangen könnte.

Ich sagte ihr, sie solle warten – vielleicht ginge es bei alledem um etwas ganz anderes.

Sie sagt, sie wolle nicht, daß wir furchtbare Menschen würden, die einander furchtbare Dinge antun, denn es wird niemand da sein, der uns vergibt. Sie bemüht sich um eine tapfere, fröhliche Stimme, wenn sie mit mir spricht, aber die hält nie lange an. Sie sagt, sie könne nicht in einer Ehe ohne romantische Liebe leben.

Ich habe versucht, sie zum Lachen zu bringen. Ich habe ihr erzählt, daß man am Anfang jeder Beziehung am Wochenende zum Bungee-Springen hinausfährt, sich aber sechs Monate später Videos ausleiht und Maischips kauft, wie jeder andere auch – und sich am nächsten Tag nicht einmal mehr erinnern kann, welches Video man sich ausgeliehen hatte.

Unsere Telefongespräche dauern immer ein Weilchen. Dann legt sie auf, und ich bin wieder allein und versuche zu begreifen, was sie mir sagen will. Ich versuche dahinterzukommen, woher diese Veränderung in ihr rührt. Ich streife durchs Haus, aber es ergibt keinen Sinn mehr – die Treppen führen zur Decke hinauf, die Räume sind hinter Mauern verbarrikadiert. Vielleicht räume ich einige deiner zurückgelassenen Spielsachen auf, stülpe mir geistesabwesend deine Fisher-Price-McDonald's-Angestellten-Kopfhörer über. Vielleicht klingelt das Telefon noch einmal, manchmal läßt es mich auch für die Nacht einsam zurück.

Ich sitze in meinem Flannel-Morgenmantel am Küchentisch und esse Toast mit Erdnußbutter, während mir all dies durch den Kopf geht. Der Schäferhund des Nachbarn bellt Geister an, und der Gelegenheits-Redneck schießt ein paar Blocks entfernt an der Lonsdale Avenue ein Fahrzeug ab. Abgesehen davon ist die Welt hier ruhig, in dieser bescheidenen grau-rosa-farbenen 50er-Jahre-Schachtel mit Blick auf die Lichter der Schiffe im Hafen und die hohen Gebäude in der City.

Folgendes: Ich bin ein liebevoller Mann, aber ich habe ziemliche Schwierigkeiten, das zu zeigen.

Als ich jünger war, machte ich mir so viele Gedanken darüber, allein zu sein – nicht liebenswert oder liebesunfähig zu sein. Im Verlauf der Jahre änderten sich meine Sorgen. Ich hatte Angst, ich sei nicht imstande, eine Beziehung einzugehen, Nähe zu vermitteln. Ich hatte das Gefühl, daß die ganze Welt nachts in einem warmen Haus wohnte und ich draußen stand und nicht gesehen werden konnte – weil ich ja da draußen in der Nacht war. Doch jetzt bin ich im Innern des Hauses, und das Gefühl ist dasselbe.

Während ich jetzt hier allein bin, brechen alle meine alten Ängste hervor – Ängste, von denen ich glaubte, ich hätte sie dadurch, daß ich geheiratet habe, für immer begraben; die Angst vor der Einsamkeit; die Angst, daß, wenn ich mich allzuoft verliebe und wieder entliebe, es für mich schwerer wird, überhaupt zu lieben; die Angst, ich würde niemals wirkliche Liebe erleben; die Angst, jemand könnte sich in mich verlieben, mir äußerst nahe kommen, alles über mich erfahren und dann den Stecker ziehen; die Angst, daß Liebe nur bis zu einem gewissen Punkt Bedeutung haben und man darüber hinaus über alles verhandeln könne.

So viele Jahre lang lebte ich in Einsamkeit und dachte, das Leben sei gut so. Aber ich wußte, daß dieses Leben niemals über einen bestimmten Punkt hinausgehen würde, wenn ich mich nicht auf Nähe einließe und diese Nähe mit jemandem teilte. Ich erinnere mich, daß ich dachte, wenn ich nicht erführe, was in einem anderen Kopf als meinem eigenen vor sich ginge, würde ich explodieren.

Das Telefon klingelt. Sie ist dran. Ich berichte ihr von einem Gedanken, der mir kam. Erzähle ihr, wie merkwürdig es doch ist, daß wir siebzig seltsame Jahre lang in unserem Körper gefangen sind und diesen in der ganzen Zeit nicht einmal für, sagen wir fünf Minuten, in einer Höhle ablegen und frei von den Fesseln der Erde schweben können. Dann erzähle ich ihr, mir sei der Gedanke gekommen, daß die Nähe zu einer anderen Seele dem Verlassen meines Körpers immer noch am nächsten käme.

Sie erwidert mir: ja waren wir einander denn je nahe? Wie nah waren wir einander *wirklich*? Sicher, da waren die gewöhnlichen Vertrautheitsdinge – unsere Körper, unsere körperlichen Absonderungen und Makel und Aussickerungen, ein enzyklopädisches Wissen über die familiären

Unstimmigkeiten eines jeden, die Kenntnis früherer Kränkungen auf dem Schulhof, unserer kleinen diätetischen Sünden, unserer Eigenarten beim Umschalten der Fernsehprogramme per Fernbedienung. Und doch ...

Und doch?

Haben wir uns letzten Endes je einander völlig hingegeben? Weiß überhaupt einer von uns, wie er am anderen wirklich Anteil nehmen kann? Stell dir vor, das Haus brennt und ich greife nach dem einen Ding, das es zu retten gilt – was wäre das? Weißt du es? Stell dir vor, ich sei am Ertrinken und will die eine Erinnerung in mir, die mich ausmacht, retten – welche wäre das? Weißt du es? Nach welchen Dingen würde wohl der andere von uns greifen? Keiner von uns weiß es. Nach all den Jahren wissen wir dies einfach nicht.

Du wurdest fast auf den Tag genau zehn Monate nach der Hochzeit geboren, in höchstem Maße überfällig. Und nachdem du auf die Welt gekommen warst, wandelte sich unser Leben fast wie durch Zauberhand von unbekümmerter Mittellosigkeit in strebsame Mittelklasse-Zugehörigkeit. Die eine Sache mit Kindern, o Tochter mein, ist die, daß selbst die anarchistischsten Almosenempfänger sich selbst plötzlich in einem Haus wohnend wiederfinden. Eltern fangen an, dir Schecks zuzuschieben; fremde Leute in der Schlange vor dir an der Kasse im Shoppers Drug Mart sprechen mit dir ernsthaft über die Bedeutsamkeit des Heranwachsens, während du darauf wartest, für deine Milchpumpe zu bezahlen. Der Vorgang ist verführerisch. Aber am Ende bist *du* derjenige, der die Hypothek zu begleichen hat. Die Gesellschaft verschwört sich regelrecht, um dich in Fußfesseln zu halten.

Und laß mich dir noch ein wenig aus meinem Leben erzählen – wappne dich, denn es ist nicht sonderlich glamourös: Ich bin auf Achse. Ich arbeite für eine mittlere Software-Firma mit Namen ImmuDyne. Ich bin kein Intellektueller – nur ein Kerl, der im Anzug einen langweiligen Mittelklassewagen fährt und zuviel Zeit in Flughafen-Zentren mit einem Koffer voller Prospekte, Disketten, Zahnpasta für Raucher und honiggerösteten Nüssen von Fluggesellschaften verbringt, die ich dann in überklimatisierten Hotelzimmern knabbere, während ich mir das späte Fernsehprogramm ansehe. Ich komme mir vor wie die Pointe eines Witzes, den ich dir vielleicht vor zehn Jahren einmal erzählt habe. Aber weißt du: das Leben holt dich einfach ein.

Wenn du jung bist, hast du immer das Gefühl, das Leben habe noch nicht begonnen – der Beginn des »Lebens« steht für nächste Woche, nächsten Monat, nächstes Jahr, nach den Ferien oder irgendwann sonst auf dem Zeitplan. Aber dann bist du plötzlich alt, und das zeitplangemäße Leben ist nicht eingetroffen. Du fragst dich auf einmal: »Nun ja, was genau war denn das, was ich da hatte – jenes Intermezzo – jenes verrückte Durcheinander –, all die Zeit, die ich zuvor hatte?

Ein anderer Nachmittag: Ich bin unrasiert, das schmutzige Geschirr schimmelt in der Küchenspüle, und mein Hemd riecht wie das Zimmer eines Halbwüchsigen. Im ganzen Haus waren keine sauberen Löffel aufzutreiben, also aß ich Cottage-Cheese mit einem Schuhlöffel aus Plastik-Schildpatt, der neben der Couch lag – ich schätze, ich bin auf einem erneuten Tiefpunkt angelangt.

Der Fernseher läuft nicht; vor mir habe ich einen Kaffeebecher voller vertrockneter Filzstifte sowie Ringbücher, die noch von meinen Stress-Management-Abendkursen vor zwei Jahren übriggeblieben sind. Vor dem Fenster tropft Regen auf die Lorbeerblätter. Während ich so hinausblicke, muß ich daran denken, wie deine Mutter einst auf dem Fenstersims saß, Sweet Tarts aß und zu den Schwalben sprach, die unter den Scheunenbalken ihre Nester bauten. Ich sehe deine Mutter noch mit einem Küchenstuhl umhertanzen, dem sie an einem Silvesterabend den Spitznamen »Otis« gegeben hatte. Diese kleinen Dinge sind es, die uns dazu bringen, Menschen zu lieben, und uns doch gleichzeitig klarmachen, wie wenig wir sie kennen.

Ich weiß nicht, was deine Mutter an mir liebenswert fand. Was immer es auch gewesen sein mag, anscheinend war es nicht genug, um über die Dinge, die sie jetzt fühlt, hinwegzukommen.

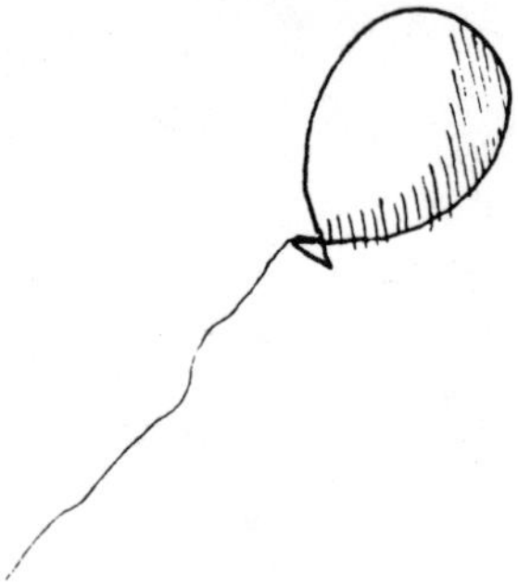

Ich bin ein stiller Mann. Ich neige dazu, Dinge zu durchdenken, und versuche, nicht zu viel zu sagen. Doch jetzt sitze ich hier und sage vielleicht zu viel. Aber da sind Gefühle in mir, die unbedingt heraus müssen, schätze ich. Und darüber bin ich erleichtert, denn eine meiner größten Sorgen in den vergangenen paar Jahren war, daß ich meine Fähigkeit verloren haben könnte, Dinge mit derselben Intensität zu empfinden – so wie ich sie empfand, als ich jünger war. Es ist unheimlich, wenn du spürst, daß deine Emotionen davonschweben und es dir egal ist. Ich denke, das tatsächlich Unheimliche daran ist, daß dir dieser Verlust einfach egal ist. Ich schätze, das ist es, worauf deine Mutter reagiert. Ich notiere mir im Geiste, mit ihr darüber zu sprechen.

Ein Anruf: Ich erzähle deiner Mutter, ich wüßte, daß ich in den letzten Tagen wenig gefühlt hätte, verspreche aber, ich würde versuchen, mehr zu empfinden. Sie lacht, nicht bösartig, sondern von Herzen.

Ich sage, ich wüßte, das Leben sei in so vieler Hinsicht so schnell sehr langweilig geworden – und keiner von uns habe das eingeplant. Ich hätte niemals gedacht, daß wir in der Vorstadt mit Rasenmäher und Schaukel landen würden. Hätte nie geglaubt, lebenslänglich in einer nutzlosen Firma tätig zu sein. Aber ist das nicht andererseits der Lauf der Welt? Der Verlauf von Erwachsensein, von Reife, von Kinderaufziehen?

Ich bin im tiefsten Innern getroffen. Sie sagt, das Grausamste, das du jemandem antun kannst, sei, so zu tun, als bedeute dir dieser Jemand mehr, als dies tatsächlich der Fall ist. Ich weiß nicht genau, ob sie mich damit meint oder sich selbst. Ich frage sie, und sie sagt, sie wisse es nicht.

Sie sagt: Es tut mir leid, aber ich habe einfach aufgehört zu lieben. Einfach so. Ich wachte auf, und es war vorbei, und es machte mir angst, und ich fühlte mich verlogen und hohl, vorzugeben, ich sei »die Ehefrau«. Und ich kann dies einfach nicht länger tun. Ich liebe dich, aber ich bin nicht in dich verliebt.

Ich sage: Aber ich liebe *dich* noch immer.

Sie sagt: Ist das *wirklich* wahr?

Ich sage: Ja.

Sie sagt: Dann tue ich dir weh. Bitte bring mich nicht mehr dazu, dir solche Dinge zu sagen.

Warum ist es so schwierig, all die Dinge, die wir während unseres Lebens hier auf Erden gelernt haben, schnell zusammenzufassen? Warum kann ich nicht einfach zu dir sagen: »In zehn Minuten wirst du von einem Bus überfahren werden, und deshalb mußt du in diesen zehn Minuten ganz schnell auflisten, was du daraus gelernt hast, am Leben gewesen zu sein.«

Aller Wahrscheinlichkeit nach würde deine Liste leer sein. Und selbst wenn du deine ganze Konzentration auf diese Frage richten würdest, die Liste würde wahrscheinlich immer noch leer bleiben. Und dabei *wissen* wir doch im Grunde unseres Herzens, daß wir die großartigsten und tiefsten Dinge dadurch lernen, daß wir atmen, sehen, fühlen, uns verlieben und aufhören zu lieben, uns wieder verlieben und wieder aufhören zu lieben.

Meine Mutter kommt mich besuchen und erzählt, während sie mein Geschirr abwäscht. Sie sieht die Dinge nicht so, wie ich sie sehe. Sie sagt, deine Mutter sei jung und würde die Dinge nach einiger Zeit anders sehen. Bleib einfach am Ball. Sie sagt, das, was wir gerade durchmachten, sei normal bei Ehepaaren und einer der größten Tiefpunkte im Leben – aber überlebbar. Ich frage sie nicht, woher sie das wisse, denn die Antwort könnte mich noch trübseliger stimmen.

Sie schrubbt und bringt Ordnung in das Chaos. Sie sagt: »Zuerst ist da Liebe, dann Ernüchterung und dann der Rest deines Lebens.«

Und ich sage: »Aber *worin besteht* der Rest deines Lebens – was macht all die übrige Zeit aus?«

Und sie sagt: »Oh, da ist Freundschaft. Oder zumindest Vertrautheit. Und Sicherheit. Und danach Schlaf.«

Ich denke mir: Wie kann irgend jemand von uns wissen, daß es so enden wird? Daß *dies* vielleicht alles gewesen sein mag? Ich sage: »O Gott.«

Und meine Mutter sagt zu mir: »Schätzchen, Gott ist derjenige, der uns zusammenhält, nachdem die Liebe vorüber ist.«

Du bist jetzt alt genug, um Geschichten zu mögen, Baby, also will ich dir eine Geschichte erzählen. Ich will dir eine Geschichte über Gettysburg – das Flitterwochenland – erzählen; von einem Mann aus der Stadt Gettysburg selbst, der Tage nach der Schlacht einberufen wurde, um die Überreste fortzuräumen – seine Ärmel hochzukrempeln und die erschlagenen Körper einzusammeln, Reihe um Reihe in einer endlosen Linie Gräber zu graben, aus zusammengebrochenen Pferden und Maultieren Feuerhaufen zu errichten, Fliegenschwärme und Rauch aus Blut und Boden einzuatmen, um zu begraben und zu exhumieren, die Reihen aus Körpern und Körperteilen zu beerdigen und zu exhumieren, den ganzen Tag lang über viele aufeinanderfolgende Tage hinweg.

Er kehrt nach Hause zurück und ist nicht imstande zu sprechen, sitzt nur da am Kamin. Seine Töchter sitzen um ihn herum, werden aber von der Mutter angehalten, leise zu sein. Sie wissen, daß er vorher nicht so war. Die Kinder flüstern: »Warum will Paps nicht sprechen?« und die Mutter erwidert: »Das ist die Entscheidung eures Vaters, Kinder«, doch auch sie macht sich Sorgen, aber was kann sie ihm schon groß sagen?

Sie scheucht ihre Töchter ins Bett, deren Spielsachen auf dem Boden verteilt liegenbleiben, und geht dann selbst zu Bett, nachdem sie lange ins Wohnzimmer zu ihrem Mann hinübergeblickt hat, der immer noch am Feuer sitzt, immer noch schweigsam.

Die Nacht geht vorüber, und die Kinder wachen auf. Sie laufen die Treppe hinunter und dort, während die Vögel draußen zwitschern und der Wind durch ein offenes Fenster hereinweht, finden sie ihren Vater neben der Feuersglut schlafend in seinem Sessel vor. Sie sind glücklich darüber, daß er sich ausruht, und setzen sich hin, um zu frühstücken. Erst später, als sie spielen gehen, merken sie, daß etwas nicht wie sonst ist, wissen aber nicht genau, was, und denken darüber nicht weiter nach; sie lachen miteinander und greifen nach ihren Puppen, die fein säuberlich an einer Seite des Puppenhauses aufgereiht sind.

IN DER WÜSTE

Ihr seid
die erste Generation,
die
ohne Religion
aufwuchs

Für Michael Stipe

Clark County, Nevada
San Bernardino County, California
Riverside County, California

Ich bin von Las Vegas in Richtung Süden nach Palm Springs gefahren, und das Nichts beschäftigte meine Gedanken sehr. Ich war immer wieder erstaunt über die Weite der Landschaft – einfach darüber, wie weit sich das *Nichts* erstrecken kann – in meinem Mietwagen, mit dem ich die Steigungen und Senken der Mojave-Wüste erklomm und hinabfuhr, während ich die Rothkosischen Schleuderstreifen langvergessener Autokollisionen auf den weißen Zementspuren der Interstate 15 zählte und beobachtete, wie gleich hinter der Hoover-Damm-Ausfahrt eine alte Frau in einem Lincoln Town Car Lippenstift auftrug, während ein Mann am Steuer Rotz aushustete.

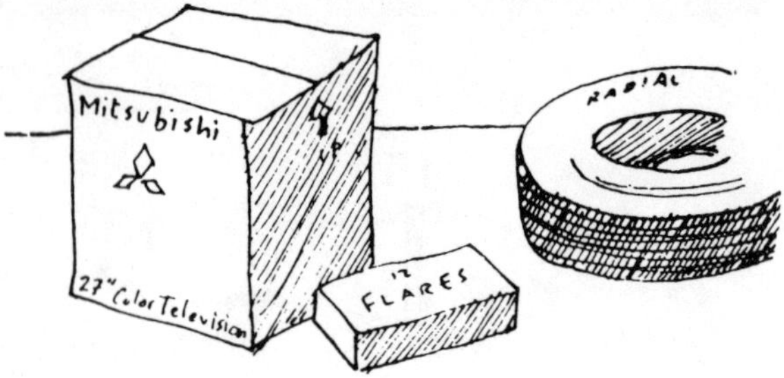

Es war gegen Mittag, ein paar müde Wölkchen verschleierten die Sonne, und es war nicht warm draußen. Auf dem Beifahrersitz neben mir lag eine lauwarme, fast leere Flasche Gatorade, eine knitterig zusammengefaltete Karte von Nevada sowie einige nicht verspielte Jetons aus dem Showboat Casino; im Kofferraum befand sich ein Mitsubishi 27''-TV-Karton, dessen Inhalt sowohl zu illegal als auch zu schändlich war, um hier Erwähnung zu finden.

Der SEEK-Knopf des Autoradios war ständig in Bewegung auf der Suche nach neuen Sendern. Durch Launen der Van-Allen-Strahlungsgürtel war es mir möglich, Radiosender aus dem ganzen Westen zu empfangen – diese Fragmente kultureller Erinnerung und Information, aus denen sich die unsichtbare Informationsstruktur zusammensetzt, die ich als mein wirkliches Zuhause – als meine eigentliche Gemeinschaft – erachte. Ich hörte die Art von Neuigkeiten, von denen ich wußte, sie würden mich krank vor Heimweh werden lassen, wenn ich in Europa festsäße oder in Vietnam im Sterben läge: In San Francisco herrschten 15°C und in Daly City 16°C; in einer christlichen Talk-Show aus Las Vegas wurden die Zuhörer gebeten, für eine Hausfrau mit Wolfsrachen zu beten; der Verkehr auf dem Santa Monica Freeway stand still wegen eines umgekippten Propangas-Lasters an der Normandie-Auffahrt; der Bürgermeister von Albuquerque erklärte sich bereit, Anrufe von Zuhörern entgegenzunehmen.

Ich fuhr auf der Interstate 15 irgendwo zwischen der kurz-blinzeln-und-schon-verpaßt-Stadt Jean und dem knallbunten Casinoplex an der Bundesgrenze. Draußen, im Umkreis des Autos, gab es weder Bäume noch Schilder, weder Pflanzen noch Tiere oder Gebäude – nicht einmal Zäune –, nur Radiowellen und den vulkanischen Granit der Mojave-Wüste, erlebt bei 125 Kilometer pro Stunde.

Es war mein 31. Geburtstag – daran erinnere ich mich –, und ich erinnere mich auch, daß ich mich nicht einsam fühlte, auch wenn es mein Geburtstag war und ich mich allein mitten im Nichts befand. Noch einige Jahre zuvor hätte mich eine ähnliche Lage vor Beklemmung in Schweiß ausbrechen lassen, aber Einsamkeit war in letzter Zeit zu einem Gefühl geworden, das ich nicht mehr so intensiv spürte. Ich hatte die Extreme der Einsamkeit kennengelernt und ihre Grenzen ausgelotet; Einsamkeit war jetzt nichts Neues oder Erschreckendes mehr – nur ein anderer Aspekt des Lebens, der, sobald er als solcher erkannt wurde, zu verschwinden schien. Aber es wurde mir klar, daß das Vermögen, sich nicht einsam zu fühlen, einen sehr realen Preis forderte, nämlich ein bedrohliches Überhauptnichtsfühlen. Vielleicht versuchte das Nichts, von außen in irgendeiner Weise in den Wagen einzudringen. Ich kurbelte noch einmal an meinem Fenster, wenngleich ich wußte, daß ich es bereits so hoch wie möglich gekurbelt hatte, und drückte erneut die SEEK-Taste des Radios.

Ich sage dir jetzt, was sich in dem Mitsubishi-Karton befand: 2000 aus dem Kaiser-Permanente-Krankenhaus in North Las Vegas gestohlene Spritzen sowie 1440 aus Mexiko geschmuggelte 50cc-Ampullen mit Anabolika-Steroiden. Ich wollte diesen Karton einem Privatsportlehrer für Fernseh-Berühmtheiten namens Oscar bringen, der in Las Palmas, einem Viertel von Palm Springs, wohnte.

Damit wir uns recht verstehen: Ich bin der Meinung, daß dir dein Körper voll und ganz gehört und das, was du mit ihm machst, ganz allein deine Angelegenheit ist. Insofern habe ich also keine moralischen Bedenken was die Anwendung von Steroiden betrifft, muß aber zugeben, daß viele Leute in der Tat welche haben. Und natürlich weiß ich, daß Steroide illegal sind und daß Spritzen mit gebrauchten Nadeln eine verbreitete Art der HIV-Übertragung ist. Dabei war es eigentlich diese Sache mit der HIV-Übertragung, die mir das Gefühl gab, eine gute Tat zu vollbringen – indem ich die Bodybuilding-Gemeinde in Amerikas Südwesten mit sauberen Spritzen versorgte. Aber das ist eine moralische Spitzfindigkeit, die jetzt nicht zur Debatte steht. Vielmehr geht es darum, daß die Spritzen gestohlen waren, und auch wenn ich sie nicht mit eigenen Händen geklaut hatte, würde man mich, falls man mich irgendwie anhalten sollte, der Beihilfe bezichtigen. Ich weigerte mich, mir auch nur *andeutungsweise* vorzustellen, was dann mit mir passieren würde, denn wenn mein Strafregister auch nicht total schockierend ist, so ist es doch auch nicht total blütenweiß.

Ich konnte die Ampullen im Kofferraum klirren hören, während ich einen alten Four Lads Song, der von einem Sender in Salt Lake City hereinträllerte, mitsummte. Ich fuhr in der Mitte des dreispurigen Highways, zwischen der Rase-Spur und der für LKWs. Mein Motor lief angenehm ruhig. Ich sang laut und zwang mich, meiner Stimme zu lauschen: klanglos und hoffentlich allgemeintypisch, denn ich habe mich immer bemüht, mit einer Stimme ohne regionale Prägung zu sprechen

– mit einer Stimme von nirgendwo. Das kommt daher, daß ich niemals das Gefühl hatte, »von« irgendwoher zu stammen; mein Zuhause ist, wie gesagt, ein mit anderen geteilter elektronischer Traum aus Erinnerungen an Comics, halbstündigen Fernsehserien und nationalen Tragödien. Ich war immer stolz auf das Fehlen eines Akzents gewesen – auf das Fehlen irgendeines erkennbaren regionalen Aromas. Zuerst dachte ich, ich spräche mit dem Akzent des pazifischen Nordwestens, wo ich aufgewachsen bin, aber dann wurde mir klar, daß mein Akzent einfach der von Nirgendwo war – der Akzent eines Menschen, der kein festgelegtes Zuhause in sich trägt.

Folgendes ging mir durch den Kopf: Vor kurzem hatte ich begonnen, mir darüber Sorgen zu machen, daß meine Gefühle immer mehr verschwanden – und dabei festgestellt, daß ich anscheinend immer weniger empfand. Diese Sorgen nahmen klarere Gestalt an und verstärkten sich noch, während ich fuhr. Ich hatte das Gefühl, mich in ein Reptil zu verwandeln, in einen mit verkümmerndem Gedächtnis und ohne Mitgefühl auf einem Felsen sitzenden Leguan. Ich dachte an die Fernsehstars, die Oscar mit seiner Fitness-Routine terrorisiert, an all die Alten mit schlaffen, ledrigen Wangen, die alles durchgemacht haben, zweimal, die aber immer noch für die Paparazzi auf dem Gehsteig vor dem Century City Cineplex Odeon lächeln – Reptilien, für die das Leben seit der Morgendämmerung des Fernsehens zu einem serienmäßigen Betrug geworden ist. Ich kann mir gut vorstellen, daß die Menschen im Alter genau das werden: Reptilien; diese alten Fernsehstars sind bloß eine etwas vergrößerte Ausgabe.

Meine Fahrt ging weiter, und die Sorgen über verblassende Gefühle hielten sich wie eine Hintergrundstrahlung. Aber ich glaube, das Nette am Autofahren ist, daß der körperliche Akt des Fahrens selbst einen Großteil der Hirnzellen beschäftigt, der dir ansonsten Schwierigkeiten durch Überladung des Denkens bereiten würde. Eine neue Landschaft löscht ständig Vorausgegangenes aus; Erinnerungen verlieren sich, werden neu gemischt, neu etikettiert und vergessen. Man kaut Kaugummi, drückt auf Knöpfe, kurbelt an den Fenstern und öffnet sie. Ein schnell fahrendes Auto ist der einzige Ort, an dem es dir gesetzlich erlaubt ist, dich nicht mit deinen Problemen zu befassen. Es ist aufgezwungene Meditation, und das ist gut.

Ein schmutziger schwarzer Camaro überholte meinen Wagen, gefahren von Debbie, der heidnischen Dairy-Queens-Göttin. Ein Radiosender wurde immer schwächer, und ein anderer aus Yuma ersetzte ihn durch Gospel-Musik. Es lag an atmosphärischen Störungen.

Ich überlegte, was genau mich wohl am Ende der Strecke erwarten würde, und zwar in jeder Hinsicht. Niemand wartete auf mich in Palm Springs; Oscar war bis morgen in Beverly Hills, und er zählte außerdem kaum. Doch gab es eigentlich auch sonst niemanden, der mich irgendwo erwartete.

Ich fragte mich, was wohl das logische Endprodukt in dieser neuesten Angelegenheit, nämlich daß ich immer weniger empfand, sein mochte. Ist Nichtfühlen das unvermeidliche Endresultat von an nichts *glauben*? Und dann bekam ich auf einmal Angst – beim Gedanken daran, daß es möglicherweise gar nichts Besonderes *gab*, an das man glauben konnte. Ich mußte daran denken, daß es wirklich ein perverser Witz wäre, jahrzehntelang am Leben bleiben zu müssen, ohne an etwas zu glauben oder etwas zu fühlen.

Auf dem Seitenstreifen der Straße war ein Wohnmobil abgestellt. Rechts hinüber nach Norden verflochten Kampfjäger von der Nellis Air Force Base ihre Kondensstreifen miteinander.

Ich begann mich zu fragen, an was ich eigentlich bis jetzt geglaubt und was es mir möglich gemacht hatte, in meine gegenwärtige emotionale Verfassung zu gelangen. Die Frage ist gar nicht so einfach zu beantworten. Insbesondere ist es schwierig, das, woran man glaubt, in Worte zu fassen. Für mich wurde die Aufgabe sogar noch dadurch erschwert, daß meine Eltern mich ohne Religion aufwachsen ließen; sie selbst hatten mit ihrer Vergangenheit gebrochen und waren an die Westküste gezogen – hatten ihre Kinder ideologierein in einem modernen, auf Freiträgern erbauten Haus mit Blick auf den Pazifischen Ozean aufgezogen – am Ende aller Geschichte, zumindest hatten sie das glauben wollen.

Ich versuchte zu vergessen, worüber ich gerade nachdachte, und dem Radio zu lauschen. Darin war die Rede von einem Mann aus Arizona, dem man in den Kopf geschossen hatte und der die Kugel, die sich in der Nasennebenhöhle verfangen hatte, im Warteraum des Krankenhauses ausgeniest und diese mit einem Klink auf den glänzenden schwarzen Boden hatte fallen lassen.

Da war die Rede von einer Witwe aus Mittelkalifornien, die durchgefochten hatte, daß man ihren kürzlich verstorbenen Mann exhumierte, indem sie flehentlich darlegte, ihr Mann habe, bevor er starb, in einem Anfall von Gehässigkeit ihren Brillantring verschluckt, und sie wolle das Schmuckstück zurückhaben. Doch am Ende gestand sie, sie habe viele, viele Wochen lang nicht geschlafen und nächtelang auf seinem Grab gelegen und versucht, mit ihm zu sprechen, und daß alles, was sie wirklich wolle, einfach nur darin bestünde, einmal noch sein Gesicht zu sehen.

Und es war die Rede von einem kleinen Jungen, der, nachdem er gehört hatte, daß sich seine Eltern scheiden ließen, verschwunden war. Es wurde eine Suchaktion gestartet und die ganze Umgebung durchkämmt; man fand ihn zwei Tage später lebend in der rosafarbenen Fiberglas-Isolierung des Dachbodens der Familie, wo er sich beerdigt hatte, um zu versuchen, ein Teil des Hauses zu werden; wo er so tun wollte, als sei er tot.

Und es gab auch christliche Sender, so viele, viele Sender, und die Stimmen darauf erschienen so enthusiastisch und engagiert. Sie hörten sich an, als würden sie ernsthaft glauben, was sie da sagten, also nahm ich mir vor, diesen Sendern wenigstens einmal meine Aufmerksamkeit zu widmen und zu versuchen herauszufinden, woran genau sie da eigentlich glaubten, zu versuchen zu verstehen, was es mit dem Glauben auf sich hatte.

Auf den Sendern war die Rede von Jesus und Erlösung, und ich fand es ganz schön mühsam, zuzuhören, denn diese religiösen Typen sind immer so extrem und erschlagen einen richtig. Ich finde, sie nehmen die Dinge zu wörtlich und übersehen dadurch viel zu viel. Schon immer war das eine grundsätzliche Unzulänglichkeit von Religion – so hatte man es mir jedenfalls beigebracht, und so hatte ich es (wie mir aufging) einfach hingenommen. Insofern wußte ich immerhin *eine* Sache ganz gewiß, an die ich glaubte.

Auf allen Radiosendern schien ununterbrochen von Jesus die Rede zu sein, und es kam mir vor wie eine verrückte Orgie an Projektionen, bei der jedermann das Gegenmittel für die Dinge, die in seinem eigenen Leben schiefgelaufen waren, auf Jesus zu projezieren schien. Er ist Liebe. Er ist Vergebung. Er ist Mitleid. Er ist ein Vernünftiger Karriere-Entschluß. Er ist Ein Kind, Das Mich Lieb Hat.

Ich begann mich verloren zu fühlen, während ich diesen Leuten zuhörte. Mir kam es vor, als wäre Jesus Sex – oder, besser gesagt, ich hatte das Gefühl, als wäre ich aus einer anderen Welt, in der Sex nicht existierte, auf die Erde gekommen, wo mir jeder erzählte, wie schön Sex sei, und mir seine Pornohefte zeigte und sein Leben auf Sex aufbaute, während ich für alle Zeiten von der wahren sexuellen Erfahrung ausgeschlossen war. Ich wollte gar nicht bestreiten, daß die Existenz Jesus´ für diese Leute Realität war – es war bloß die Tatsache, daß ich von ihren Erfahrungen in einer Art abgeschnitten war, die keinerlei Verbindung je zulassen würde.

Und dennoch mußte ich mich immer wieder fragen, was genau diese Radioleute eigentlich im Angesicht Jesus´ sahen. Wenn sie sprachen, hörte es sich an, als wäre ihr Leben einst völlig verkorkst und verloren gewesen; zumindest waren sie nicht mehr so verloren – wie die Anonymen Alkoholiker. Insofern erschien mir das Ganze als eine gute Sache.

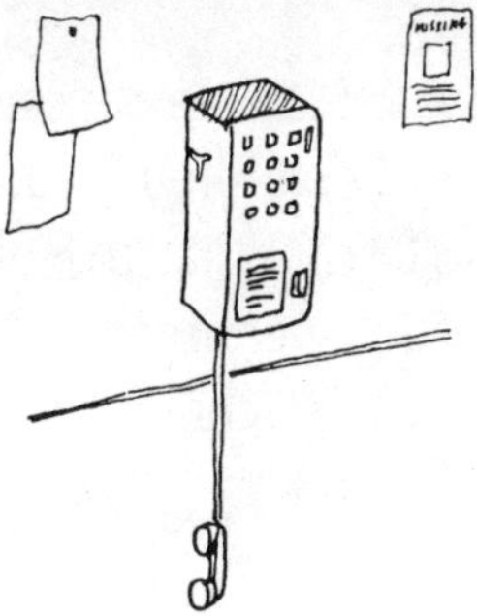

All das ging mir durch den Kopf, nachdem ich den Halloran Summit erklommen hatte und die Shadow Mountains hinunter in die Stadt Baker fuhr, eine Fernfahrer-Oase, in der ich anhielt, um einen Hamburger und ein Stück Erdbeerkuchen im Bun Boy Restaurant zu essen, der Heimstätte des »größten Thermometers der Welt«: etwa 41m lang, mit einer Digitalanzeige von 12,5°C. Ich nutzte die Zeit, die ich auf mein Essen wartete, um vom Pacific-Bell-Apparat neben den Toiletten aus zu telefonieren. Auf eine Nachricht hin, die ich auf meinem Anrufbeantworter in Las Vegas vorfand, rief ich Laurelle an, die eine Pelota-Spielanlage in der Nähe von Fremont betreibt. Das erste, was sie tat, war, mich nach meinem Geburtstag zu fragen. Als ich ihr das Datum dieses besonderen Tages nannte, ging sie gar nicht weiter darauf ein oder beglückwünschte mich dazu oder so was. Statt dessen las sie mir mein Horoskop vor und erzählte mir dann das Neueste, nämlich daß Oscar in North Hollywood hochgenommen worden war und mir die Bullen infolgedessen höchstwahrscheinlich an den Fersen klebten.

Mir zog sich die Brust zusammen; meine Hirnstämme begannen zu glühen. Es reicht wohl, wenn ich sage, daß es in dem Moment in erster Linie geboten war, die Schachteln mit dem Parastolin und den Spritzen so schnell wie möglich verschwinden zu lassen. Aber sie einfach an Ort und Stelle in die öffentlichen Mülltonnen der Stadt Baker zu werfen,kam überhaupt nicht in Frage. Der Ort schien einer Folge von »Twilight Zone« zu entstammen und war mit Bullen übersät – zwei für jedes Schnellrestaurant: da waren Polizisten auf Motorrädern, Sheriffs aus San Bernardino County und sogar zwei Jungs von der Forstverwaltung, was nun wirklich zum Lachen war, denn im gesamten Umkreis von fünfzig Meilen stand wahrscheinlich kein einziger Baum.

Gewöhnliche Mülltonnen kamen also nicht in Frage – meine Fingerabdrücke waren ja überall drauf, und was wäre, wenn irgendein Übereifriger sie entdecken würde? Die einzige Methode der Entsorgung schien mir, die Spritzen irgendwo weiter unten neben der Landstraße zu vergraben. Glücklicherweise fuhr ich einen Mietwagen, die Polizei würde also wohl kaum besonders danach suchen. Solange ich die Geschwindigkeitsbegrenzung einhielt, war alles ganz cool, und ich konnte mir überlegen, was ich mit meinen Kartons voller heißer Ware anstellte.

Ich setzte meine Fahrt nach Palm Springs über Barstow und San Bernardino fort und fuhr eine Schleife nach Osten auf die Interstate 10. Mich überkamen die unterschiedlichsten Gefühle – hauptsächlich Panik –, ich konsumierte viel zu viele Streifen Freedent-Kaugummi, schaltete das Radio aus und vergaß vollständig die Gedanken, die mir durch den Kopf gegangen waren, als ich vor dem Mittagessen ins Tal hinunterfuhr – meine Gedanken über das Angesicht von Jesus –, wieder aufzunehmen. Statt dessen dachte ich an meinen knurrenden Magen und bedauerte, das Essen über meinem hastigen Aufbruch auf dem Tresen im Bun Boy vergessen zu haben. Das einzige, was ich den ganzen Tag über zu mir genommen hatte, waren ein halber Schoko-Kirsch-Riegel und eine Tasse Kaffee bei der Abfahrt in Las Vegas gewesen.

Zwei Stunden später befand ich mich ungefähr zehn Meilen vor Palm Springs und schlug an der Freeway-Ausfahrt der Indian Avenue die der Stadt entgegengesetzte Richtung ein, auf der Suche nach einer Steroid-Begräbnisstätte. Von meinen Übungen mit der Schrotflinte her waren mir die Wüste und die Schluchten zwischen Desert Hot Springs und Thousand Palms ein wenig bekannt, und ich nahm an, daß die Gegend wahrscheinlich am besten für mein Vorhaben geeignet wäre – ein schäbiger, spärlicher Teil der Wüste auf der östlichen Seite des San-Andreas-Grabens, wo Bürger Schecks fälschten und in Autos umherfuhren, deren Fenster vor langer Zeit verloren gegangen und durch Plastiktüten ersetzt worden waren. Die Leute dort waren wahrscheinlich weniger geneigt, über irgend etwas Fragen zu stellen, das nicht dem Normalen entsprach.

Von der langen Fahrt war ich ein bißchen erschöpft. Mein Hemd fühlte sich verschwitzt und schmutzig an – Autoschweiß. Und ich war auch mürrisch, oder besser gesagt, ich wäre mürrisch gewesen, wenn ich Leute um mich gehabt hätte. Manchmal wird dir erst klar, daß du schlecht gelaunt bist, wenn ein anderer Mensch in dein Umfeld tritt.

Auch meine Vernunft schien geschwunden zu sein. Wahrscheinlich hätte ich den Karton einfach irgendwo an den Rand einer alten, ungepflasterten Nebenstraße schmeißen sollen, aber in meiner geistigen Verfassung erschien mir nur eine ordentliche Beerdigung angemessen. Und so fuhr ich immer weiter und hielt Ausschau nach genau der richtigen Nebenstraße, die zu einer Müllhalde führte – nach einer Landstraße, auf der ich einfach verschwinden und, wenn schon nicht den Karton vergraben, zumindest den Inhalt verstreuen und mit Sand bedecken konnte wie in einem Katzenklo. Aber sogar dort draußen, mitten im Nirgendwo, schoß immer wieder ein Auto so nahe an mir vorüber, daß ich gesehen werden konnte. Ich mußte einen weiten Weg zurücklegen, ehe ich mich sicher fühlen konnte, daß mich niemand dabei erwischte, wie ich mich meiner Last entledigte.

Die Straße, die ich schließlich fand, war voller Kurven, deren Ränder mit Patronenhülsen von Schrotflinten und zerbrochenen Bierflaschen übersät waren. Ich lief einen unauffälligen, sehr breiten und niedrigen Canyon hinunter. Davon zweigten eine ganze Reihe Weggabelungen ab, die zu einer Ansammlung kleiner, mit Joshua-Bäumen gesprenkelter Felsspalten und –rinnen führten. Den verschrumpelten Matratzen, kaputten Couchen und Kühlschränken um mich herum entnahm ich, daß andere vor mir mit ähnlichen Entsorgungsabsichten diesen Weg eingeschlagen hatten.

Es war ein gutes Gefühl, mit einer anderen Geschwindigkeit als 120 Kilometer pro Stunde über wirklichen Erdboden, nicht bloß über Pflaster und Zement, zu fahren, also fuhr ich weiter, als ich hätte tun sollen. Als ich am Ende meiner ausgewählten Straße – fast ein Weg – ankam, hielt ich den Wagen an und stieg aus, um mich zu strecken. Ich begutachtete meinen Müllplatz: er war häßlich und öde und konnte von nirgends eingesehen werden.

Ich öffnete den Kofferraum, lud den Mitsubishi-Karton aus und verstreute den Inhalt über den Sand neben dem Auto. Ich riß die Klappen ab und formte einen Art Spachtel, mit der ich Sand auf die weißen Verpackungen der Spritzen schaufelte und zusah, wie die letzte der Parastolin-Glasampullen unter der späten Nachmittagssonne funkelte.

Meine Bewegungen waren ruckartig, und ich konnte spüren, daß mein Blutkreislauf einem gewaltigen Zuckerabfall unterlag. Ich ärgerte mich, daß ich vergessen hatte, etwas zu essen, denn wenn ich erst einmal allzu großen Hunger habe, werde ich im allgemeinen sehr grantig. Ich wußte, selbst wenn ich in aller Eile zur nächsten Tankstelle fuhr, um irgendwelchen Notverpflegungsscheiß aufzutreiben, würde ich dafür mindestens noch eine halbe Stunde brauchen.

Man kann sich also vorstellen, wie wütend ich darauf reagierte, daß der Wagen nicht ansprang, als ich den Zündschlüssel drehte. Alles Scheißgute zum Geburtstag, Arschloch. Ich konnte mein Glück einfach nicht fassen. Ich schaute unter die Haube, aber der Motor wies nicht die geringste Ähnlichkeit mit den Acht-Zylindern aus meiner Teenager-Zeit auf. In meinem Wutanfall wurde mir blitzartig klar, daß mir nichts anderes übrigblieb, als zurück zur Hauptstraße zu laufen und von dort aus wahrscheinlich den *ganzen* Weg zur nächsten Telefonzelle oder zu einem Laden zu Fuß zurückzulegen. Niemand nimmt einsam durch die Wüste streifende Männer im Wagen mit. Schöne Scheiße.

Und so trat ich meinen Marsch an. Er begann nicht gerade gut und wurde schnell immer schwieriger. Von der Sonne war nur noch ein Stückchen zu sehen, und wenn sie erst hinter den Bergen von San Gorgonio versank, würde es mit dem Licht vollständig aus sein. Ein Schwarm pinzettenresistenter, stacheliger Kletten beschloß, meine Sockenspitzen zu befallen. Es war windig, und die Luft war kühl, und es würde noch windiger und kühler werden. Ich hatte Durst, war völlig ausgehungert, und meine Wut ging schnell in Verwirrung und leichte Schwindelgefühle über.

Ich hatte meine Arme verschränkt, stieß Flüche und Beschimpfungen zwischen den Zähnen hervor und hielt dann nach einer Weile einfach die Klappe und mühte mich, zu marschieren, ohne an etwas zu denken – versuchte, die Zeit verschwinden zu lassen, indem ich so tat, als existiere sie nicht mehr. Und dieser vorgetäuschte Zen-Zustand hielt an, bis mir nach ungefähr einer Stunde aufging, daß ich nirgendwohin gelangte, daß ich irgendwo eine falsche Abzweigung genommen hatte – ich war wer-weiß-wie-weit die falsche Straße entlanggegangen.

Ich war der größte Versager der Welt. Ich konnte mich nicht einmal darüber aufregen. Ich stöhnte vor Verzweiflung und wußte nicht einmal, ob es etwas nutzte, wenn ich den Weg zurückging, da ich mir nicht einmal sicher war, welche Gabelungen die richtigen waren.

Also setzte ich mich auf einen Felsen, sowohl, um meine Sinne zu schärfen, als auch, um mich zusammenzukauern und meine Wärme zu halten. Ich sah zu, wie das Sonnenlicht pünktlich verblaßte. Dann machte ich kehrt und ging zurück in die Richtung, aus der ich gekommen war, schob mich automatisch vorwärts, denn ich hatte weder eine andere Wahl noch die geringste Ahnung, auf welcher Straße ich mich befand, und wurde immer fatalistischer, wenn ich daran dachte, was mit mir wohl geschehen würde.

Dies ging einige Stunden so, unterdessen war der Himmel längst vollständig dunkel und vollständig kalt geworden. Und gekrönt wurden diese Gespenstheuschrecken-Unbehaglichkeit, der Verdruß und die Endlosigkeit des Weges noch davon, daß ich mich in der fundamentalen Dunkelheit der Nacht gruselte. Ich erwog alle möglichen Szenarien, auf die man in der Wüste stoßen konnte: randalierende Motorradfreaks auf Heroin; in vollem Gange laufende Dreharbeiten zu Killer-Filmen, bei denen Schrotflinten auf unliebsame Besucher gerichtet wurden; im Stich gelassene, enthauptete Körper, über die Klapperschlangen glitten. Ich dachte daran, wie wenig glamourös mein Leben hier draußen, verschlagen in völlige Leere, enden würde. Ich wünschte mir, in einer Stadt oder Ortschaft zu sein – in einer Gemeinschaft, in *irgendeiner* Gemeinschaft. Und während ich mich in diesem jämmerlichen Zustand befand, geschah etwas, was mir den Atem stokken ließ – ich bemerkte, daß jemand hinter mir herging.

Zuerst glaubte ich, die Schritte seien ein Widerhall meiner eigenen, aber dann wurde meinem Unterbewußtsein klar, daß die Schritte, die ich vernahm, nicht synchron mit meinen waren. Mein Schrittempo war um eine Nuance schneller, und einem aufmerksamen Beobachter wäre aufgefallen, daß sich etwas in meiner Haltung verändert hatte, daß meine Körpersprache deutlich zeigte: ich hatte irgend eine Gefahr wahrgenommen.

Die Schritte, die ich vernahm, waren ungefähr einen Steinwurf entfernt; ein schwaches Knakken wie wenn jemand Kakaobohnen am anderen Ende des Tisches zerkaute. Und da die Schritte schneller waren als meine eigenen, wußte ich, daß Der Stapfer mich einholte.

Ich war unbewaffnet. Ich wußte nicht einmal, wer der mögliche Feind sein mochte. Ich spürte, wie mir unter meinem Hemd ein heißes Rinnsal Schweiß an der Seite herunterlief. Ich überlegte, ob ich stehenbleiben und mich umdrehen sollte oder von der Straße herunterspringen und ... aber ... es gab nirgendwo eine Deckung. Keine Felsblöcke. Und vielleicht hatte Der Stapfer eine blendende Halogenlampe bei sich ... einen Revolver ... einen *Strick*. Oh, Gott noch mal.

Ich blieb stehen. Das einzige Geräusch war das der sich nähernden Schritte. Ich straffte meine Schultern. Drehte mich um. Sah, wie die schwarze Gestalt vor dem kobaltblauen Nachthimmel näherkam. Ich sah eine Sternschnuppe; ein Militärflugzeug, das auf Twentynine Palms zusteuerte; die blaue Schwärze des Canyons. Und da ich in der Lage wirklich keine andere Wahl hatte, sagte ich zu dem Schatten: »*Hallo*«.

Keine Antwort. Der Schatten – klein, buckelig? – kam mit derselben Geschwindigkeit weiter auf mich zu. Ich sagte noch einmal mit Nachdruck: »Hallo!«, und der Schatten kam immer näher, und das Knirschen auf dem Kies wurde immer lauter. Ich hatte ganz gewiß keine Energie mehr, davonzulaufen, und so blieb ich entmutigt stehen, vielleicht um zu sterben, vielleicht um zu töten – viel zu angekotzt und zu ängstlich und zu groggy, um die Dinge zu Ende zu denken. Ich habe Geschichten gehört, wie Angst die Sinne schärft, aber ich glaube nicht, daß diese Geschichten wahr sind. Wenn zu allem anderen noch Angst hinzukommt, nimmt höchstens die Verwirrung zu, nicht der Scharfsinn.

Und so wurde der Schatten länger, erreichte fast die vollständige Größe. Ich erblickte die Gestalt eines buckeligen Mannes mit einem Stück eingerolltem Schaumstoff auf dem Rücken, zusammengehalten von Gummibändern und straffen weißen McDonald's Papiertüten. Er trug einen weißen Bart, der wie Spanisches Moos herunterhing, ein kariertes Hemd und grüne Dickies-Arbeitshosen, die so abgewetzt waren, daß sie glänzten. Er war ein Herumtreiber – eine Wüstenratte –, einer von denen, die gelegentlich das Desert Fashion Plaza heimsuchen, sogar im Licht des Dreiviertel-Mondes erschreckend sichtbar sonnengebräunt, mit einer Haut wie Dörrfleisch, Poren wie Salz- und Pfefferstreuer und milchigen Augen, die auf beidseitigen grauen Star hinwiesen. Er kam auf mich zu, und ich sagte noch einmal vorsichtig: »Hallo«. Direkt vor mir blieb er stehen, als hätten wir uns zufällig vor einem Radio-Shack oder so was ähnlichem getroffen. Mit einer Stimme, aus der tiefes Phlegma und Jahre voller Wüsten-Monologe herausklangen, sagte er: »Ich gehe fast jede Nacht hier draußen umher, aber heute nacht wird es nicht regnen, da können wir ganz beruhigt sein.« Sein Atem war wie Feuer, wie Pfeffer.

Meine Erleichterung war groß; er war zwar verrückt, aber nicht gefährlich – zu arm sogar für Waffen. Selbst in meiner angeschlagenen Verfassung hätte ich es mit ihm aufnehmen können. Jetzt war ich an der Reihe, etwas zu sagen. Ich sagte: »Regen? Nein, ich glaube nicht.«

Rückblickend betrachtet, war das alles ziemlich idiotisch. Ich bemühte mich, bei diesem entschieden sonderbaren Zusammentreffen lässig zu wirken, und er war einfach zu verrückt, um es auch nur als sonderbar zu emfinden. Ich versuchte, so zu tun, als träfen wir einander im Sonnenlicht und nicht im Mondschein; versuchte, der Situation eine angenehme, leutselige Würde zu verleihen wie unter miteinander schwatzenden Fotomodels in einem J.-Crew-Katalog.

Dann zuckte mein Herumtreiber-Kumpel seine linke schmutzige Schulter, spuckte geräuschvoll aus und machte ein Zeichen, daß wir weitergehen sollten. Mir schwankten jetzt die Beine, hauptsächlich auf Grund des Mangels an Blutzucker. Unser gemeinsamer Marsch ließ den letzten Rest Angst verschwinden. Den Herumtreiber schien die Tatsache, daß ein Mensch mitten in der Nacht verloren durch die Wüste streunte, nicht weiter zu verwundern – als wäre das Umherirren die natürlichste Beschäftigung auf Erden.

Und er sprach auch nicht wirklich mit mir, er übertrug seine Sendung – wie ein billiger Mittelwellen-Radiosender, der mit der SEEK-Taste in Gang gesetzt worden war. Ich wünschte, ich könnte behaupten, wir hätten über einfache Dinge gesprochen, während wir dahinliefen – daß er mir tiefe und wahre Einblicke ins Leben vermittelt hätte – Weisheiten, die er in all den Jahren seines Umherstreifens gesammelt hatte. Aber das tat er nicht. Er rückte nicht einmal mit seinem Namen heraus und ich nicht mit meinem. Er redete noch ein bißchen über den abendlichen Regen, der ausbleiben würde. Er sprach über eine Republikaner-Konspiration, über den Colorado River, über Prinzessin Caroline von Monaco. Ich hörte seinen Worten nur mit halbem Ohr zu, etwa so wie wenn ich ein Auto fuhr. Er erzählte mir, er sei auf dem Weg nach Indio. Dann fragte er: »Und wohin gehst *du* eigentlich?«

Ich erwiderte ohne sonderlich viel Energie, daß ich versuchte, eine der Straßen zurück nach Desert Hot Springs, Bermuda Dunes oder Palm Springs zu finden.

»Also, wenn das so ist«, entgegnete er und blieb abrupt stehen, »dann gehst du in die falsche Richtung.«

Es versetzte mir fast einen Schock, daß er an dieser Stelle tatsächlich auf mich einging, daß er tatsächlich meine Worte gehört hatte. Ich versuchte, lässig darauf zu reagieren. »Oh?«

Er blieb stehen, und ich blieb stehen, und er sagte zu mir: »Also paß auf, was auch immer du hier draußen machst, es ist in Ordnung. Vielleicht wolltest du mir gar nicht begegnen«, er schmatzte mit den Lippen, »und vielleicht ich auch *dir* nicht. Aber *es gibt* die Straße, die du lang willst.« Er wies auf eine kleine Y-Abzweigung, einen Steinwurf zurück auf unserem Weg. »Und Dillon Road liegt vielleicht eine Stunde von hier entfernt. Was nicht heißt, daß du dadurch wesentlich näher dran bist. An Hot Springs, möglicherweise. Von dort aus ist es dann ein Zwei-Stunden-Marsch. *Kapiert*?«

Der Ton in seiner Stimme machte deutlich, daß es ihm große Willenskraft abverlangte, überhaupt so weit auf mich eingehen zu können, wie er es bereits getan hatte. Ich nickte, und sein Gesichtausdruck verlor sich wieder in der anfänglichen Verrücktheit.

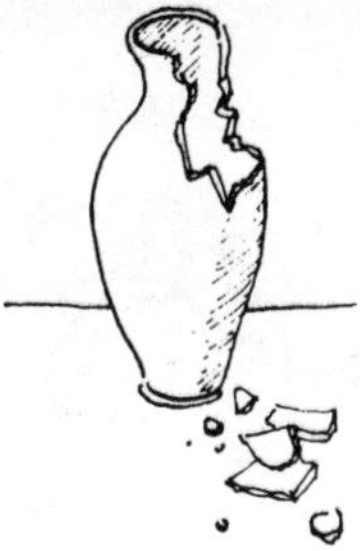

Die Sache war die, daß er einfach eine Wüstenratte war, die einen langen Weg hinter sich hatte. Ich kam mir naiv und kleinbürgerlich vor, weil ich gehofft hatte – wenn auch nur anflugweise –, ich könnte mit dem Bindungslosen in Verbindung treten, weil ich geglaubt hatte, es bedürfe nur ein wenig herzlicher Aufmerksamkeit und Vernunft, um verrückte Leute nicht mehr verrückt sein zu lassen.

Und dann wurde ich traurig, weil mir klar wurde, daß Menschen, wenn sie erst einmal in einer gewissen Weise gebrochen sind, niemals wieder ganz in Ordnung kommen; und das ist etwas, was dir niemand je erzählt, wenn du jung bist, und was dich stets aufs neue überrascht, wenn du älter wirst und mitansiehst, wie die Menschen in deinem Leben einer nach dem anderen zerbrechen. Du fragst dich, wann du an der Reihe sein wirst oder ob es nicht bereits geschehen ist.

Und so stand ich ziemlich dumm neben ihm, und er zuckte. Ich starrte auf sein Rückengepäck wie ein Labrador-Hund auf einen gedeckten Tisch und fühlte mich auf einmal unwohl; mir ging auf, daß ich ihn mit meinem Anstarren bedrohte. Ich glaube, zum erstenmal war er ein bißchen erschrocken darüber, daß er mich – einen Fremden – mitten im Nirgendwo getroffen hatte. Er griff in den Beutel auf seinem Rücken, zog zwei Klumpen heraus und reichte sie mir: einen mikrowellensicheren Plastikbecher mit Beefaroni und eine kalte Baked Apple Pie von McDonald's.

»Die Makaroni sind aus'm 7-Eleven geklaut«, sagte er.

Ich sagte: »Nein, *nein*!« Ich wollte ihm klarmachen, daß ich nicht vorhatte, ihn auszurauben, also gab ich ihm einen Fünfzig-Dollar-Schein aus meiner Hemdtasche, den er zusammengefaltet in seine schmuddelige Tasche stopfte. Nachdem er das getan hatte, sauste er, ohne sich noch zu verabschieden, fort, die Straße hinunter, verlor sich schlagartig in der Nacht und ließ mich neben der Y-Abzweigung auf der Straße stehen; woraufhin ich die Beefaroni mit staubverkrusteten Fingern aus dem Plastik kratzte und die Baked Apple Pie ohne zu kauen hinunterschlang, in dem Bewußtsein, daß meine Lage, so mies sie auch sein mochte, nicht für immer so bleiben würde.

Jetzt folgendes:

Es gibt vieles, was du nicht über mich weißt – Dinge, die ich dir nicht erzählt habe –, wie zum Beispiel, daß ich *tatsächlich* eine Familie habe, daß ich daran glaube, daß es einen Gott gibt, daß ich einmal ein Kind war – und daß ich mich zweimal verliebt habe und keine dieser Lieben andauerte. Aber inwieweit ist all das letzten Endes von Belang, wenn du allein bist? Was ist unsere Erinnerung? Was ist unsere Geschichte? Wieviel von uns ist Landschaft und wieviel davon sind wir?

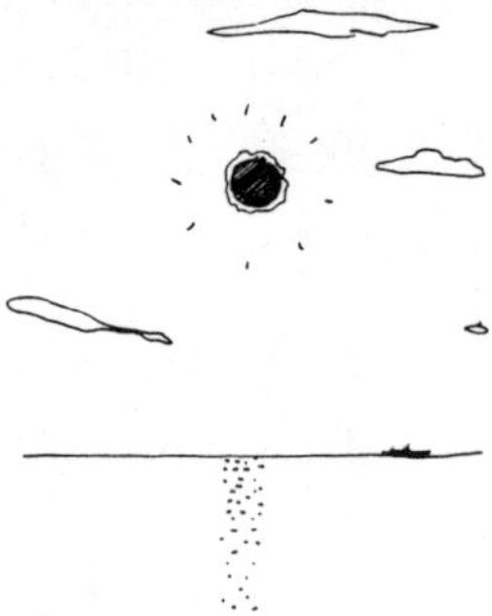

Mein Körper altert, er verfärbt sich seltsam, verweigert Befehle, wird immer weniger ein Teil von dem, was ich meiner Erinnerung nach einmal war. Ich lese, was ich hier geschrieben habe, und stelle fest, daß ich kein glücklicher Mensch bin und vielleicht niemals sein werde.

Meine Nacht in der Wüste liegt jetzt ein paar Jahre zurück. Seitdem habe ich mehr von dieser Welt gesehen: Ich habe in Los Angeles gelebt und die dortigen Feuer gesehen; habe die Gletscher in Alaska auseinanderbrechen und ins Meer fließen sehen; habe eine Sonnenfinsternis von einer Yacht aus mitangesehen, auf einem Ozean, bedeckt mit zähem Rohöl. Und bei jedem dieser Anblicke habe ich an das zerstörte Gesicht des Herumtreibers in der Wüste gedacht, unauffindbar verschwunden, verloren in den Müllhalden außerhalb von Indio, Scottsdale, Las Vegas – seine eigenen, privaten Planeten in seinem eigenen, privaten Universum.

Aber ich rede hier zuviel. Doch wie oft geschieht es schon, daß wir von einem Fremden gerettet werden, falls es überhaupt jemals geschieht? Und wie kommt es, daß unser Leben von der Möglichkeit auf Vergebung und Freundlichkeit ausgezehrt werden kann – so ausgezehrt, daß sogar ein kleiner Akt von Barmherzigkeit zu einer entscheidenden, lebenslangen Erinnerung wird? Wie gelangt unser Leben an diesen Punkt?

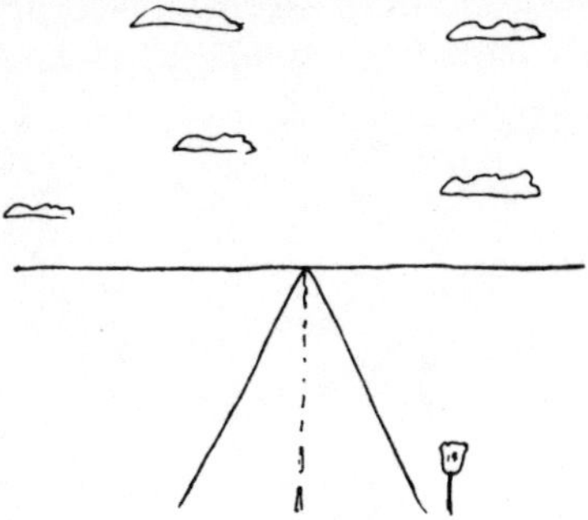

Mit diesen Gedanken im Kopf sehe ich jetzt das wettergegerbte Gesicht des Herumtreibers vor mir, während ich über meine Welt nachdenke – sein Gesicht, das mich daran erinnert, daß es immer noch etwas gibt, an das man glauben kann, nachdem es nichts mehr gibt, an das man glauben kann. Ein Gesicht für Menschen wie mich – die an den Rand der Einsamkeit gedrängt wurden und die vielleicht tief gesunken waren und deren Welt, nachdem wir wieder hinaufgeklettert waren, nie wieder dieselbe war.

PATTY HEARST

Die vergangene Woche hat mich veranlaßt, mir Gedanken über das Leben zu machen. Na ja, nicht gerade über das Leben *an sich* – sondern über die Folge von Ereignissen im Leben. Ist es beispielsweise von Bedeutung, daß wir durch unsere Tage von A nach B nach C nach D ... reisen, von der Geburt zur Liebe zur Heirat zu Kindern zum Tod usw? Oder ist der Handlungsrahmenaspekt des Lebens bloß eine Art Buchhalter-Trick, den wir Menschen am Hals haben und mit dem wir versuchen, unserer fragwürdigen Situation hier auf der Erde einen Sinn zu geben? Wie gesagt, die vergangene Woche hat mich veranlaßt, mir darüber Gedanken zu machen.

Zuerst war da Walter. Walter ist ein schwarzer Labrador-Retriever, der drei Türen vom Haus meiner Eltern entfernt wohnt, oben auf dem West-Vancouver-Berg. Walter ist eine ruhige, gutherzige Seele und besuchte unser Haus viele Jahre lang. Er erschien vor der Küchentür zum Garten, wuffte einmal kurz, und wir ließen ihn herein. Er trottete dann ein bißchen durchs Haus, wobei seine Krallen auf dem Linoleumboden klickten, staubte ein, zwei Bröckchen ab und lag danach auf dem Küchenboden und gehörte für ein paar Stunden zur Familie. Wenn es an der Zeit war, wieder zu gehen, wuffte Walter erneut einmal, und wir ließen ihn raus. Walter verkörperte all den Spaß und die Vorteile eines Haustiers ohne den sonst damit verbundenen Wirbel und die Umstände.

Jedenfalls hörte Walter vor einem Monat auf, ins Haus meiner Eltern zu kommen. Mama erwähnte dies am Telefon und sagte, sie und Paps seien darüber ein bißchen besorgt, wüßten aber nicht, was genau sie tun sollten. Dann klingelte ein paar Tage später das Telefon – es war Mrs. Miller, Walters Besitzerin, die erzählte, daß ihr Mann einige Wochen zuvor gestorben sei. Meine Mutter drückte Mrs. Miller ihr Beileid aus, die ihr erwiderte, daß das Schlimmste vorüber sei und ihre Kinder sich gut um sie kümmerten. Dennoch habe sie ein Problem und zwar ginge es Walter ziemlich jämmerlich, er sei gar nicht mehr der alte. Sie wollte fragen, ob wir vielleicht vorbeikommen und versuchen könnten, ihn aufzumuntern.

Mama trommelte ihre Truppe zusammen. Sie fragte mich, ob ich von der anderen Seite der Stadt herüberkommen könnte, und ich sagte ihr, daß ich selbstverständlich käme. Am Ende gingen wir, meine Mutter, mein Vater, mein jüngerer Bruder Brent, der ewige Filmstudent, der das Haus nie verlassen hatte, und ich hinüber zu den Millers – Mama mit einem Heidelbeer-Pfirsich-Kuchen, ich mit einer Schachtel Hundekuchen mit Leberaroma und Brent mit einer HandyCam, mit der er unseren Besuch filmte.

Mrs. Miller öffnete uns die Tür, wir begrüßten sie, und dann führte sie uns ins Wohnzimmer, wo Walter auf einer Hudson-Bay-Decke auf dem Chesterfield-Sofa lag und einfach wie ein Rentner aussah, während im Hintergrund der Fernseher »Das Glücksrad« übertrug. Brent war ganz aufgeregt, daß ein Fernseher lief. Ich glaube, er fand, dies würde seiner Videoaufnahme eine künstlerische Note verleihen.

Jedenfalls hob Walter seine Schnauze, als er uns sah, spitzte leicht die Ohren und begrüßte uns mit einem entmutigten, kleinen Schwanzwedeln, aber sein ganzer Elan war dahin. Wir drehten den Fernseher leiser, setzten uns zu ihm und streichelten seinen Kopf. Ich gab ihm einen Hundekuchen, an dem er knabberte, als wolle er mich nicht traurig stimmen – was für gute Manieren –, ansonsten machte er aber weiterhin einen erbärmlichen Eindruck.

Wir sprachen mit Walter. Brent erzählte ihm, daß Ping, die gräßliche Siamkatze der Klassens, einen Wurf von fünf Kätzchen zur Welt gebracht hätte, aber Paps sagte nein, es seien sechs und Mrs. Klassen wüßte nicht einmal, wer der Vater sei. Und dann gerieten sich Dad und Brent ausgerechnet wegen Ping in die Haare. Normalerweise hätten sich beim bloßen Erwähnen der Katze Walters Nackenhaare gesträubt, jetzt aber hob er kaum die Augenbrauen, und sein Kinn ruhte weiter auf den Vorderpfoten.

Nach ungefähr fünfzehn Minuten verließen wir das Haus, nachdem wir Walter gesagt hatten, er könne jederzeit kommen und uns besuchen, und winkten zum Abschied. Wieder bedachte er uns mit einem entmutigten, kleinen Schwanzwedeln, und das war das letzte, was wir von ihm sahen.

Walter starb einige Tage später – an gebrochenem Herzen, wie wir alle vermuteten. Brent rief mich an, um mir die Neuigkeit mitzuteilen, die uns beide deprimierte, aber Brent sagte, das dürfe sie nicht. Er versuchte, einen Witz zu machen. Er sagte: »Nun, immerhin war es Walter vergönnt, in einem schicken völlig schwarzen Outfit durchs Leben zu gehen.«

Ich erwiderte, er und alle seine trendbewußten Freunde von der Kunstszene seien echt krank. Woraufhin er mich aufforderte, nicht so trübselig zu sein. Er sagte, daß die Dauer eines Ereignisses für einen Hund völlig bedeutungslos sei. Ob du nun für zehn Minuten zum Laden an der Ecke gehst oder für zwei Wochen nach Hawaii fährst, für deinen Hund ist deine Abwesenheit ein »trauriges Ereignis« von nicht festgelegter

Dauer. »Eine Stunde … zwei Wochen – für ihn ist es dasselbe. Walter litt und fühlte sich elend, aber nicht in der Art, in der ein Mensch gelitten hätte.«

Dann sagte Brent noch, daß Menschen die einzigen Tiere seien, die imstande wären, den Schmerz von Trauer zu empfinden, der sich über eine lineare Zeit erstreckte. Er behauptete, auf uns Menschen laste der Fluch, in der Zeit gefangen zu sein – wir seien dazu verflucht, unser Leben als eine Abfolge von Ereignissen interpretieren zu müssen – als eine Geschichte –, und wenn wir nicht herausbekämen, was unsere ganz spezielle Geschichte sei, würden wir uns irgendwie verloren fühlen. »Für Hunde gibt es im Leben nur die Gegenwart«, fuhr er fort. »Ihre Erinnerungen sind wie diese Schwäne aus Eis, die man auf Hochzeiten findet und die so schön aussehen, aber innerhalb einer Stunde schmelzen. Menschen müssen im Leben alles in qualvoller, endloser Uhrzeitabfolge ertragen – jede einzelne Sekunde. Und nicht nur das, wir müssen uns auch noch daran *erinnern*, daß wir unser gesamtes Leben ertragen haben. Wie langweilig, was? Eigentlich erstaunlich, daß wir nicht alle verrückt geworden sind.«

Ich sagte, Trauer sei Trauer. Sagte, daß ich über das, was Brent da behaupte, nachdenken müsse. Und ich sagte, daß mir Walter fehle, in welcher Art von Zeit mir Brent auch immer weismachen wolle, besten Dank.

Unser Telefongespräch endete in ziemlich gereiztem Ton, aber Brent brachte mich wirklich zum Nachdenken.

Jedenfalls geschah in der Woche noch etwas anderes, das in mir Fragen über die seltsamen Abfolgen des Lebens aufwarf. Ein bedeutenderes Ereignis als Walters Tod (womit ich seinen Verlust für mich keinesfalls schmälern will). Es ist nur … na, du wirst ja sehen.

Es geschah folgendes: Ich erhielt einen Anruf von Jeremy, einem alten Freund aus der High School. Jeremy erzählte mir, daß meine Schwester Laurie oben bei Whistler gesehen worden wäre, wo sie in einem der Sportausrüstungsläden des Skiorts arbeite – nicht in der Husky-Station oder im Rainbow, sondern weiter den Highway hinauf. Ich fragte ihn, ob er absolut *sicher* sei, daß es sich um Laurie handelte, und er erwiderte, er habe Laurie in der Tat nicht *selbst* gesehen. Aber ein Freund von ihm habe sie gesichtet. Insofern war Jeremy nicht 100 Prozent sicher.

Nichtsdestoweniger war diese kleine Neuigkeit alles, was ich brauchte. Ich schaltete meinen Computer aus, schnappte mir meinen Mantel und verließ mein Büro frühzeitig, um die 130 Kilometer in Richtung Norden nach Whistler hochzufahren und zu überprüfen, was man da gesichtet hatte, um nachzusehen, ob es stimmte.

Der Himmel schwamm im Regen – der verregnetste Tag aller Zeiten –, dieses schwere, segensreiche Nieseln, das die Bäume und die Meere nährt und die Farben für so viele meiner Erinnerungen ausmacht. Gegen vier Uhr verdunkelte sich der Himmel bereits, als ich die Horseshoe Bay passierte und durch die Granit-Haarnadelkurven des Highway 99 an der Küste den Howe-Sound-Fjord, den »Sea to Sky»-Highway, hinaufzufahren begann. Ich fuhr langsam; sogar die Scheinwerfer hatten Schwierigkeiten, das herabströmende Wasser zu durchdringen. Potentielle Schokoladenpudding-Erdrutsche lauerten auf den steilen Berghängen oberhalb von Montizambert Creek und Lions Bay. Im letzten Tageslicht konnte ich bei Britannia Bay zu meiner Linken den Pazifischen Ozean flachgehämmert wie eine Bleiplatte daliegen sehen.

Die Fülle des Regens gab mir ein Gefühl von Sicherheit und Geborgenheit; mir war Regen schon immer heilsam erschienen – wie eine Decke, der Trost eines Freundes. Wenn nicht wenigstens etwas Regen an jedem Tag fällt, oder zumindest ein, zwei Wolken am Horizont auftauchen, fühle ich mich von der Information des Sonnenlichts überwältigt und sehne mich nach der belebenden, einhüllenden Spende herabfallenden Wassers.

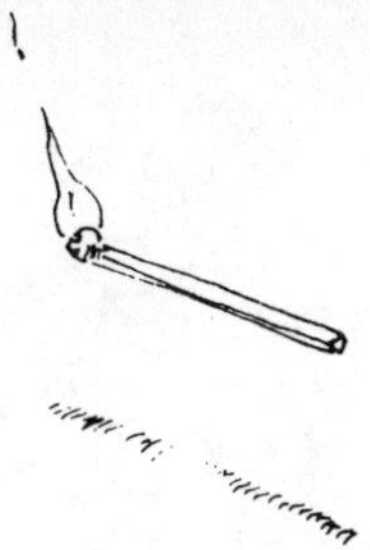

Ich hatte gerade Squamish passiert, als ich das Feuer erblickte – ein Schlackefeuer, um Neuland zu roden –, rechts neben der Straße fuhr ein Konvoy grellgelb erleuchteter Traktoren vorüber, ein gewaltiger Salat aus zehntausend Baumstümpfen und Ästen, eine Million Baumringe Zeit, alle brennend, zischend – ein schockierendes Ausmaß an Feuer wie ein Flammenmeer; so viele Flammen, daß sich der Regen in Dampf verwandelte, ehe er die Glut erreichte. Nie zuvor hatte ich soviel Feuer auf einem Fleck gesehen; ich hätte niemals geglaubt, daß es soviel überhaupt *gäbe*. Ein Feld aus brennendem Urin und verflüssigten Sonnenuntergängen – ich stand im Schlamm am Straßenrand und sah zu, fühlte, wie meine Haut sich rötete, spürte, wie kleine Funken meine Haut versengten, während das Feuer ruhig wütete wie ein Feuertraum – ein Feuer unter dem Ozean – in der Schwärze, im Regen, wie ein Geheimnis, das du nicht länger verbergen kannst.

Laurie. Dieser Teil ist nicht so offen und direkt wie der über Walter. Laurie verschwand vor fünf Jahren aus unserem Familienleben. Sie war meine ältere Schwester und stand mir zumindest ein paar Jahre lang, ehe sie verschwand, näher als irgend jemand sonst; damals, als wir jünger waren.

Mein Spitzname für Laurie war »Louie«, und sie nannte mich ebenfalls »Louie«. Sie war die Coolste von uns fünf Kindern, die unbändige, burschikose Schönheit, die Tierliebende, diejenige, die es in sich hatte. Sie war die Zweitälteste (ich bin der Vierte) und diejenige, die an einem heißen Sommertag im Schwimmbecken auf einem Donald-Duck-Schwimmring saß und sagte, sie habe das Gefühl, in einer riesigen Lederhandtasche über den Lake Chanel zu treiben, während sie sich von mir Cola und Kalziumtabletten bringen ließ. Sie war diejenige, für die ich die Schule schwänzte, um mit ihr zusammen in ihrem rostigen Ford-Courier-Lader umherzufahren, schlechten Pot zu rauchen und Zeitungen in die Briefkästen auszutragen, einer ihrer zahlreichen Jobs nach der High School.

Schnappschuß: Laurie hat sich Adams (mein ältester Bruder) schnurloses Telefon ausgeborgt, es vom Küchentelefon aus angewählt, und dann das schnurlose Telefon in den Bienenkorb in einem verrottenden Zedernstumpf im Wald hinter dem Garten gesteckt. Wir sitzen beide in der Küche, die Ohren am Hörer, und lauschen dem Summen der Bienen.

Ein weiterer Schnappschuß: Wir sitzen im Garten und sehen den Fledermäusen zu, wie sie im Sturzflug auf einen phosphoreszierenden Frisbee niedergehen, den wir auswerfen, während wir darauf warten, daß die gelegentlich in Erscheinung tretende Eule aus den Hemlocktannen neben dem Telefonmast niederstößt, plump und schmatzend, wie ein Menschenkopf mit Flügeln.

Letzter Schnappschuß: Am Nachmittag habe ich meinen Führerschein erhalten und bin stolz in Mamas Kombi zum Marine Drive runtergefahren, um Laurie bei einem ihrer Jobs zu treffen, die dort als Clown verkleidet in einem Kettenschnellrestaurant Luftballons an Kinder verteilt. Sie hat ihren Job sausen lassen und ist zu mir in den Wagen gehüpft – mit blöder Perücke, Schminke und allem –, und wir sind umhergefahren und haben Zigaretten geraucht, wobei Laurie denen, die uns auf der Straße ärgerten, den Finger zeigte. Danach durchstöberten wir die Ramschläden in Chinatown nach coolem Krimskrams – Kisten aus Bambusleisten und ausrangierten Kalendern. Lauries große Clownsfüße aus Schaumstoff stehen aus dem ausrangiertem Gerümpel hervor.

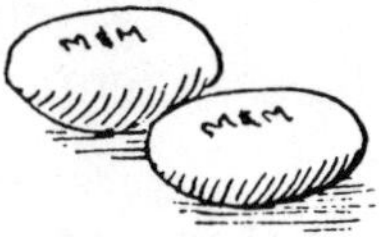

Ungefähr eine Stunde nachdem ich das Feuer verlassen hatte, kam ich in Whistler an. Durch den Regen hindurch sah ich die Ansammlungen computerentworfener Alpin-Architektur, die jetzt den Straßenrand säumt, meist Eigentumswohnungen, und war erstaunt, wie sich das Versteck für Ski-Prolos der 70er Jahre zu seiner neuen Inkarnation als Yuppi-Hölle gemausert hatte.

Die Ski-Saison hatte noch nicht richtig begonnen, und in der Stadt herrschte die vertrauliche Insider-Atmosphäre von Ferienorten außerhalb der Saison: leere Straßen, Gebäude mit verdunkelten Fenstern und geschlossene Restaurants. Ich hielt an der Husky-Tankstelle, um eine Landkarte aufzutreiben, hörte von einer Telefonzelle aus die Messages auf meinem Anrufbeantworter in Vancouver ab und ging dann zurück zu meinem Wagen. Genau in dem Moment kamen zwei glänzende, alte Karmann Ghias wie M&Ms auf Rädern aus beiden Richtungen an die Zapfsäulen gefahren, einer rot, der andere gelb.

Es verging ein peinlicher Moment der Betretenheit, als die beiden Fahrer das Auto des jeweils anderen bemerkten. Und dann sagte die Frau an der Kasse hinter mir: »Man stelle sich nur vor, was für entzückende orange Babies die beiden miteinander haben könnten.« Ich lachte und hatte für einen kurzen Augenblick das Gefühl, Teil von etwas Größerem als ich selbst zu sein, hatte das Gefühl, in eine Zauberwelt eingetreten zu sein.

Aber das alles wird jetzt zu abstrakt. Ich will lieber über wirkliche Dinge reden. Ich werde dir erzählen, wann mit Laurie alles schiefzulaufen begann, vor mehr als zehn Jahren, als ich noch daran glaubte, Menschen erretten zu können.

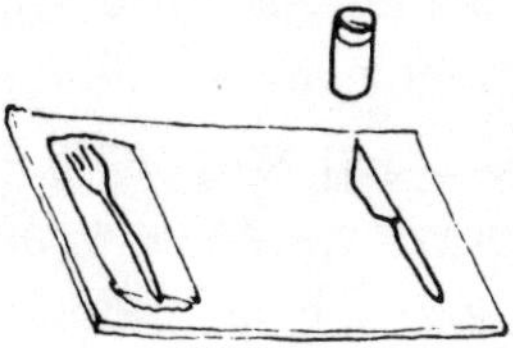

Laurie hatte immer eine große Klappe gehabt und war bei weitem die Streitlustigste von uns Kindern – wahrscheinlich auch die Klügste. Doch im späten Teenageralter wurde sie bis zu einem alarmierenden Grad wechselweise mürrisch, hyperaktiv und streitsüchtig. Sie terrorisierte uns bei den Mahlzeiten am Tisch und bei anderen Familienzusammenkünften, indem sie jeden von uns auf seine persönlichen Mängel hinwies, und zwar mit solch verständiger Präzision, daß wir den Mund hielten aus Angst, sie könnte noch mehr offenbaren. Unsere Zusammenkünfte wurden zu Marathons der Qual.

Im nachhinein gesehen, war ihr Verhalten genau das von Leuten, die Drogen nehmen, was sich haargenau mit dem deckt, was mir andere Leute, die ähnliche Probleme mit ihren Geschwistern und Kindern hatten, erzählt haben. Doch damals hatte es eher den Anschein, als tendiere Laurie immer mehr zu ihrer garstigen Seite als zu ihrer liebenswürdigen, von der wir wußten, daß es sie gab. Aber wir waren eine Familie; dir mag nicht gefallen, wie sich ein anderes Familienmitglied entwickelt, das Recht auf eine solche Entwicklung wirst du jedoch nicht in Frage stellen.

Laurie wollte immer Patty Hearst sein. Sie ereiferte sich mit mir über die gekidnappte Erbin, als ich dreizehn und sie siebzehn war – zu der Zeit, als sich ihre Persönlichkeit einschneidend zu verändern begann. So kam sie einmal in mein Zimmer und teilte mir äußerst ernsthaft mit: »Louie – ich will, daß du dir etwas vorstellst. Setz dich hin. Stell dir vor, du bereitest eines Abends in der Woche eine Dose Campbell's Hühner-Nudelsuppe zu. Im Wohnzimmer läuft im Fernseher eine Wiederholung von »Hawaii-Fünf-Null«. Dein Haar ist wirr, und du trägst einen alten Frottee-Morgenrock und versuchst vielleicht gerade, dich zu entscheiden, ob du Popcorn machen sollst. Es klingelt an der Tür, und du schlurfst in den Flur hinunter, um zu öffnen. Als du das tust, fallen maskierte Terroristen ein. Sie verbinden dir die Augen, fesseln und knebeln dich und stopfen dich in den Kofferraum ihres Chevrolet. Du wirst entführt; du wirst geraubt.«

Ich saß da und hörte mir pflichtbewußt alles an.

»Du wirst in den Unterschlupf der Kidnapper am anderen Ende der Stadt gebracht, Louie, in eine Kammer gesperrt und bekommst kein anständiges Essen und darfst nicht schlafen und wirst einer Gehirnwäsche mit terroristischen Manifesten unterzogen. Sie bringen dich dazu, deinen Namen zu ändern. Alle Verbindungen zu deiner Vergangenheit werden gekappt. Monatelang verschwindest du völlig von der Bildfläche.«

Laurie konnte immer alles sehr anschaulich darstellen, beispielsweise, wie Patty Hearst in die Vorstellungen der Welt eingesperrt wurde als ein Opfer von Mittelstandssehnsüchten – erbeutet von den Mächten, die unsere Welt der Tennishemden und Französischstunden und Gourmet-Pilze berauben wollen: »Du wirst für tot gehalten, bestenfalls in einen ungedeuteten Traum beurlaubt. Aber dann tauchst du eines Tages wieder auf.« (Stets mit einem Glitzern in den Augen.) »Du tauchst wieder auf als ein verschwommenes Schwarz-Weiß-Bild auf dem Video-Monitor der

Bank in den Vororten deiner kalifornischen Heimatstadt, die du gerade mit einem abgesägten M-1-Karabiner im Anschlag ausraubst.« Laurie neigte dazu, ihre Vorträge mit einer immer neuen Version desselben Themas abzuschließen: »Du bist ein Terrorist geworden, ein Stadtguerilla, der das Atom der Kultur spaltet, die dich geschaffen hat und die du mit diesem weißen Atomblitz blendest.«

Nach diesen Vorträgen war ich manchmal völlig entsetzt und verwirrt. Eines nachts, gleich nach einer dieser Schmähreden, ertappte ich Laurie dabei, wie sie sich in die Toilette entleerte, und als ich sie fragte, warum sie das tue, erwiderte sie: »Ich bereite meinen Körper nur gerade für seinen nächsten Besitzer vor.«

Ich glaube, Laurie gefiel der Gedanke an die völlige Umwandlung, die Patty Hearst verkörperte, nachdem sie Tania geworden war und für kurze Zeit Banken zu überfallen begann. Ich nehme an, Laurie verspürte nicht aufhaltbare Veränderungen, die sich in ihrem Innern anbahnten, und fand, daß die Hearst-Geschichte gut dazu paßte. Das Leben der einen war dem der anderen auch gar nicht so unähnlich. Beide Familien waren groß, und Patty Hearsts Geburtsstadt war der unseren zu der Zeit ziemlich gleich – verfangen in ihrem eigenen Traum vom Leben im Freien mit High-Tech-Eleganz, Rauhputz-Gartenhäuschen und Rhododendronblüten sowie von einer Zukunft voller blasenförmiger Oberlichter aus Plexiglas und klimatisierten Grillabenden im Haus und gutgemeinten Konzepten für Sozialstrukturierung.

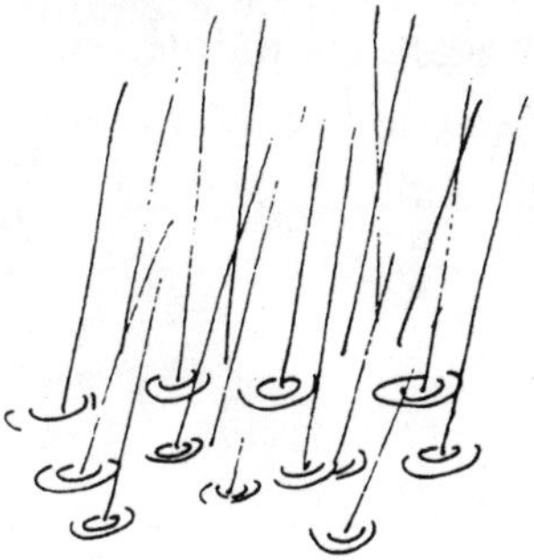

Oben in Whistler setzte ich meine Fahrt durch den Regen fort, fuhr den Highway hinunter und überlegte in Anbetracht der eventuell in Kürze bevorstehenden Begegnung, was genau ich sagen oder tun sollte, falls ich meine Schwester tatsächlich *fand*. Ich hatte im Laufe der Jahre so viele mögliche Gespräche im Kopf durchgespielt, sowohl im Wachzustand als auch in meinen Träumen, daß ein tatsächliches Gespräch sich entweder enttäuschend oder wie ein weiterer Traum ausnehmen würde. Keine dieser Aussichten schien verlockend.

Würde sie lächeln? Würde sie mit versteinerter Miene dasitzen? Würde sie knurren? Würde sie mich stehenlassen? Würden wir einander berühren? All diese *Jahre*, in denen sich in meinem Kopf immer wieder Begegnungsszenarien abgespielt hatten, doch jetzt, da möglicherweise tatsächlich ein Wiedersehen bevorstand, hatte ich nicht die geringste Ahnung, was ich sagen oder tun sollte.

Die Hearst-Geschichte war nur eine von Lauries Manien. Eine andere war ihre Kleidung, die kurz nach der High School immer merkwürdiger wurde – billige Läden, aber noch schlimmer als Billigläden: willkürliche, abgewetzte Schichten häßlichster Klamotten – minderwertige polynesische Hemden mit kurzen Ärmeln von nicht gerade erlösender Schönheit kombiniert mit olivfarbenen Kampfhosen – einfach verrücktes Zeug wie von einer Stadtstreicherin. Und meine Eltern tolerierten es, daß ihre Outfits immer extremer wurden, ihr Körper immer schmutziger, ihr Verhalten immer unflätiger, wenn sie nach einer auseinandergegangenen Beziehung, einer Diebestour oder was auch immer nach Hause kam. Sie ließen alles durchgehen.

Im Leben meiner Eltern gab es nichts, was sie auf Lauries Art von Benehmen hätte vorbereiten können. Denn es ließ sich nicht einordnen, es verlief unbemerkt und ohne Erwähnung zu finden. Sogar als Laurie sie schlug und ihr Geld klaute und das Oldsmobile zu Schrott fuhr oder als die Royal Canadian Mounted Police mit einer Laurie mit trüben Blick an der Tür erschienen. Niemals gab es eine Diskussion.

Ich stelle Laurie hier so schrecklich dar. Und lasse dabei wahrscheinlich durchklingen, wie anständig ich selbst bin – keines von beidem ist der Fall. Die Sache war nur die, daß sie einfach um so vieles älter war als ich und immer einen gewissen, unerreichbaren Glamour um sich verbreitete. Diese wenigen Jahre ließen sie mir undurchschaubar erscheinen.

Der genaue Grund, warum sich Laurie mir entzog, war folgender: Eines Tages saßen wir im Fernsehzimmer und sahen uns eine Sendung über übersinnliche Wahrnehmungen an. Laurie war ungefähr zwanzig und wieder die alte. Wenn sie auch nur für eine halbe Stunde nett war, waren wir in der Familie stets guten Willens, zu glauben, die alte Laurie sei wieder da und alles würde wieder gut werden. Wie bescheuert.

Jedenfalls wandte Laurie sich mir zu und sagte: »Louie, versuch mal übersinnlich zu sein. Was glaubst du, woran ich gerade denke?« Und ich sah sie an und zuckte nicht einmal mit der Wimper – die Antwort kam mir sofort in den Sinn –, es war der Name Peter Zzyzzy, der stets als letzter im Telefonbuch von Vancouver aufgeführt wurde. »Peter Zzyzzy«, sagte ich.

Laurie drehte völlig ab. Sie schrie mich an. »Woher weißt du das? Woher *weißt* du das? – *Sag* es mir!« Aber natürlich konnte ich nicht erklären, woher ich es wußte – es war einfach ein Zufallstreffer gewesen, ein reiner Zufallstreffer, den ich niemals wiederholen konnte. Doch das spielte keine Rolle. Nach diesem Zwischenfall begegnete mir Laurie mit versteinerter Miene, und wir führten nie wieder ein richtiges Gespräch noch nannte sie mich je wieder Louie. Das störte mich zu der Zeit nicht sonderlich, denn wir hatten, ehrlich gesagt, langsam die Schnauze voll von Lauries Mätzchen, und ich ging in die letzte Klasse der High School und hätte zur Abwechslung nichts gegen ein bißchen Aufmerksamkeit für mich selbst gehabt.

Während der nächsten paar Jahre begann Laurie, sich systematisch alle Familienmitglieder und ihre Freunde vorzuknöpfen, um eine kleine Kränkung aufzuspüren, die die jeweilige Person ihr zugefügt hatte – egal ob diese Kränkung nun wirklich oder eingebildet war –, sie über alle Maßen aufzubauschen und dann mit dem Betreffenden für immer und ewig den Kontakt abzubrechen. Es dauerte nicht allzu lange, bis alle niedergemacht waren und meine Mutter als letzte an die Reihe kam.

Und kurz darauf, still und leise ... verschwand sie einfach. Nach Seattle? Nach Phoenix? Nach Toronto? Keine große Abschiedsszene. Nichts, was maßgeblich wäre. Ein einfaches, leises Verschwinden vor fünf Jahren. Paps beauftragte ein paar Privatdetektive, aber die fanden nicht viel heraus – sie näherten sich ihrer Fährte im Höchstfall mit drei Monaten Verzug, irgendwo im Staate Washington –, so wußten wir immerhin, daß sie am Leben war, wenn wir schon weiter nichts wußten. Und seitdem ist sie ein weder lebendes noch totes Familienmitglied, das nie erwähnt wird – ausgelöscht, als habe sie nie existiert. Dabei ist ihre Anwesenheit natürlich spürbar – bei Familienessen und Hochzeiten usw. Ganz besonders aber spürt man ihre Anwesenheit am Weihnachtsmorgen, sie schwebt dann draußen vor den Fenstern im Garten umher, spöttisch, flink – über dem Rasen und im Innern des Waldes ein kleines Glitzern und Rascheln, von dem wir alle wissen, daß sie es ist, es jedoch nicht zu sagen wagen.

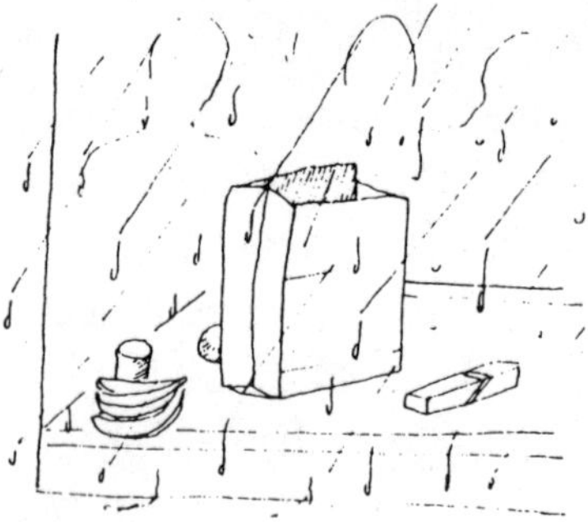

Ich stoppte den Wagen vor Nester's Lebensmittelgeschäft, ein paar Kilometer hinter Whistler Village, und erhielt die Antwort auf meine Frage recht schnell. Bereits von meinem Parkplatz draußen konnte ich erkennen, was drinnen wie Laurie aussah und gerade Büchsen in die Einkaufstüte eines Kunden packte.

Mein Kopf war wie betäubt. Ich saß und saß und saß und schaute hinüber zu der Gestalt, die wegen des Regens draußen vor dem Fenster und der von innen beschlagenen Scheiben nur undeutlich auszumachen war.

Neben dem Auto erblickte ich eine Telefonzelle. Ich stellte mir vor, ich würde näher ans Schaufenster herantreten, um hineinzusehen. Falls es Laurie war, würde ich Brent oder meine andere Schwester Wendy in der Stadt anrufen und besprechen, was als nächstes zu tun sei. Mit zitterndem Arm und erschaudernder Brust stieg ich aus dem Wagen, ging, ohne den Regen zu bemerken, hinüber zu dem Fenster und schaute hinein auf die Frau hinter dem Tresen. Aber es war nicht Laurie. Es bestand zwar eine furchtbar große Ähnlichkeit, aber sie war es ganz einfach nicht. Lange Zeit stand ich da und blickte auf die Frau, die nicht meine Schwester war, und stieg dann wieder ins Auto.

Ich aß rasch in einem teuren französischen Restaurant zu Abend, das im Hauptdorf geöffnet hatte. Ich trank ein bißchen Wein, und als ich herauskam, verwandelte sich der Regen gerade in Schnee, und ich verließ Whistler, um über die windige Straße zurück in die Stadt zu fahren. Die Heizung im Wagen funktionierte nicht, und es war eine elende Fahrt – kalt, langweilig und schleppend. Ich hatte tatsächlich erwartet, Laurie vorzufinden, und jetzt, da dies nicht geschehen war, blieb ein Gefühl von immenser ... *Ungelöstheit* der Situation.

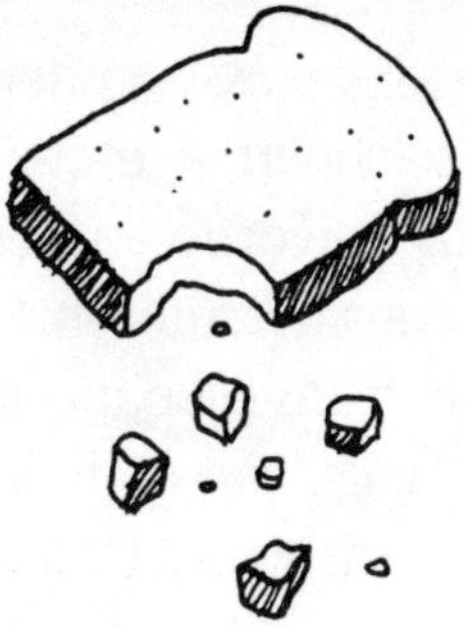

Dann wanderten meine Gedanken. Ich dachte an folgendes: ich dachte daran, wie jeder von uns jeden Tag ein paar kleine Momente erlebt, die einfach ein bißchen mehr Resonanz haben als andere – wir hören ein Wort, das uns im Gedächtnis haften bleibt –, oder vielleicht haben wir ein kleines Erlebnis, das uns, wenn auch nur kurzzeitig, aus uns selbst herauskommen läßt – wir fahren zum Beispiel im selben Fahrstuhl mit einer Braut im Brautkleid, oder ein Fremder gibt uns ein Stück Brot, damit wir die Stockenten im Teich füttern können, oder ein kleines Kind fängt in einem Dairy Queen ein Gespräch mit uns an, oder so etwas wie meine Geschichte mit den M&M-Autos seinerzeit an der Husky-Tankstelle.

Und wenn wir diese kleinen Momente in einem Notizbuch sammeln und über eine Reihe von Monaten aufbewahren würden, könnten wir sehen, wie sich gewisse Tendenzen in unserer Sammlung abzeichnen – es würden gewisse Stimmen daraus hervortreten, die versucht haben, sich durch uns mitzuteilen. Uns würde klar werden, daß wir in uns ein ganz und gar anderes Leben bergen, eines, von dem wir nicht einmal ahnten, daß es in uns steckt. Und vielleicht ist dieses *andere* Leben bedeutender als dasjenige, das wir für das wirkliche halten – diese scheppernde Alltagswelt voller Möbel und Lärm und Metall. *Vielleicht* also sind diese kleinen, stillen Momente die wahren Ereignisse in unserem Leben, die für eine Geschichte taugen.

Ich schweife ab. Ich bin ein Mensch, bin gefangen in der Zeit. Ich kann einfach nicht glauben, daß Lauries Geschichte vorbei sein soll –, daß sie nie ein Ende finden wird, daß ich niemals ihr Ende erfahren werde oder daß es diesen letzten kleinen Moment, der alles miteinander verknüpft, niemals geben wird. Ich denke so oft an sie – ich frage mich, ob sie glücklich ist oder ob sie leidet. Ich frage mich, wie sie ihr Haar wohl heute trägt, versuche mir vorzustellen, worüber sie mit ihren neugewonnenen Freunden spricht und ob sie sich jemals verliebt hat, oder sogar, was sie zu Mittag ißt. Alles mögliche.

Ich möchte ihr sagen, daß sie nett ist. Ich möchte ihr sagen, daß sie lieb ist. Ich möchte ihr sagen, daß Gott auch lieb ist und wir von Schönheit umgeben sind – und daß die Welt erfahrbar ist. Ich möchte, daß sie mich bei mir zu Hause besucht.

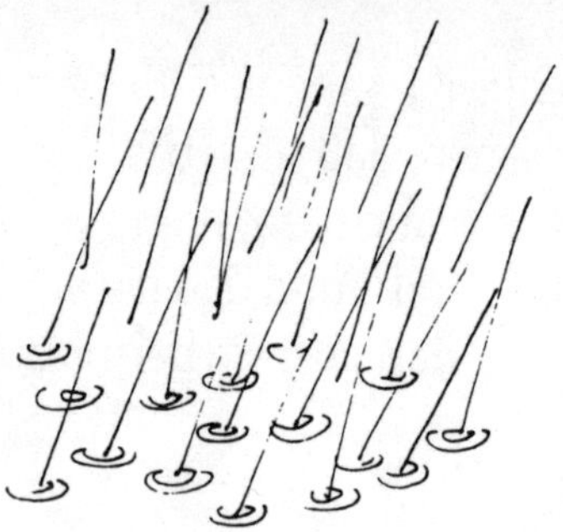

Als ich wieder an Squamish vorbeikam, brannte das Feuer noch immer und auch der Regen prasselte immer noch nieder – dieser niemals nachlassende Regen, dieses nie verlöschende Feuer. Dieses so große Feuer, das uns den Regen vergessen läßt. Ich dachte an die Pioniere, die vor mir gekommen waren und diese sogar jetzt noch so neue Welt entdeckt hatten – die Eisenbahngeleise in jungfräuliche Canyons verlegt, Brücken über aus unbekannten Quellen fließende Flüsse gebaut und Waldbrände überstanden hatten, indem sie bewegungslos in den Sümpfen lagen und die rauchige Luft durch hohles Schilfrohr einatmeten.

Ich ging die Straße im Regen hinunter zu einer geschlossenen Tankstelle und rief von der dortigen Telefonzelle zu Hause an. Brent war am Apparat. Ich erzählte ihm, wie meine erfolglose Suche nach Laurie abgelaufen war. Ich glaube, meine Stimme klang erschöpft, verloren und traurig.

Er erzählte mir, daß auch er immer an Laurie denken mußte. Er sagte: »Immerhin bleiben mir die Träume in der Nacht, in denen wir noch Freunde sind, so wie wir es einmal waren. Vielleicht ist das alles, was wir je bekommen werden. Ich habe gelernt, zu versuchen, es für mich einfach dabei bewenden zu lassen.«

Ich stimmte zu. Und im tiefsten Innern dachte ich an die merkwürdige Art und Weise, in der Träume Zuflucht gewähren.

Brent sagte: »Hey, du deutest doch immer deine Träume. Ich habe eine Idee – warum nicht mal was anderes versuchen. Warum nicht dein alltägliches Leben deuten, so als wäre es ein Traum. Sag dir: ›Jetzt fliegt gerade ein Flugzeug über mich hinweg. – *Was hat das zu bedeuten*?‹ Sag dir: ›Es regnet so viel in letzter Zeit. – *Was hat das zu bedeuten*?‹ Sag dir: ›Heute dachte ich, ich hätte Laurie wiederentdeckt, aber es stellte sich heraus, daß es jemand anderes war. – *Was hat das zu bedeuten*?‹ Ich finde, das macht das Leben leichter. Das finde ich wirklich.«

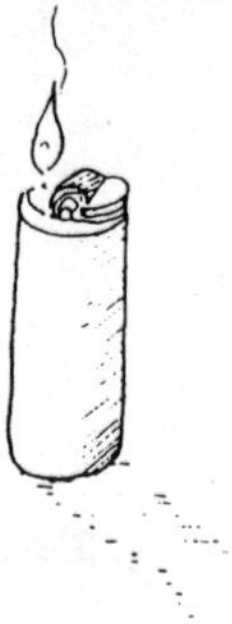

Ich ging zurück zum Feuer, kam dabei aber zu nahe heran, und ein Funke fiel auf mein Haar und verbrannte mehrere Strähnen, so daß es nach verbranntem Haar roch. Der Geruch erinnerte mich an den Tag, an dem Laurie beim Abendessen, kurz bevor sie für immer fortging, absichtlich eine ihrer Augenbrauen mit einem Bic-Feuerzeug verbrannte.

Erinnerungen: Ich erinnere mich daran, einen alten Spielfilm gesehen zu haben, in dem während eines Kriegs über einer Stadt Schlafgas versprüht wurde. Als alle aufwachten, war der Krieg vorüber. Manchmal denke ich, ich wache einfach eines Morgens auf, und Laurie ist wieder normal, und nichts von alledem ist jemals geschehen.

Manchmal, wie ich schon sagte, habe auch ich Träume, in denen Laurie wieder ganz sie selbst ist und wir wie Freunde miteinander reden und sie mich zum Lachen bringt. Ich weiß, dies ist nur ein Traum von Freundschaft, nicht wahre Freundschaft selbst – aber er ist dennoch herrlich.

In den zwei vorletzten Nächten hatte ich einen Traum, in dem Walter der Hund in meiner Wohnung umherlief, die Krallen an seinen Pfoten klackten in Richtung Freßnapf, und seine fröhliche Zunge lugte gerade ein winziges Stück aus seinem lieben schwarzen Gesicht hervor. Und letzte Nacht hatte ich auch einen Traum vom Überleben – ich trieb hinter dem Haus, wo ich groß geworden war, durch die üppigen Wälder, in denen sich die Wasserscheide befand; unter den himmelhohen Bäumen hindurch, vorüber an all den Pflanzen, die dort wachsen, und überlegte, ob ich, wenn man mich allein im Wald zurückließe, überleben würde, indem ich mich nur von dem dort vorhandenen Eßbaren ernährte. Und am Ende des Traumes tauchte ich ein in die Welt der Rasenflächen und Häuser – unser Haus.

Manchmal frage ich mich, ob Laurie tot ist. Ich glaube, Tod bedeutet nicht einfach sterben. Ich glaube, Tod ist ein Verlust, der niemals wettgemacht werden kann, Worte, die niemals zurückgenommen werden können, Schaden, der nie wieder ganz behoben werden kann. Er ist eine Verleugnung jeglicher zukünftigen Möglichkeit des Liebeschenkens. Vielleicht ist Laurie tot, aber nicht für mich. Ich glaube wirklich nicht, daß sie tot ist.

Ich begann diese Geschichte, indem ich etwas über die Abfolge von Ereignissen im Leben erzählte, und ich schätze, ich beende sie auch am besten, indem ich etwas zu solchen Abfolgen sage. Drei Episoden aus Lauries Leben fallen mir dazu ein, also werde ich sie an dieser Stelle erzählen. Und auch wenn sich diese Episoden in der Vergangenheit ereignet haben und nicht in der Zukunft, so muß das noch lange nicht heißen, daß sie nicht das Ende der Geschichte sein können.

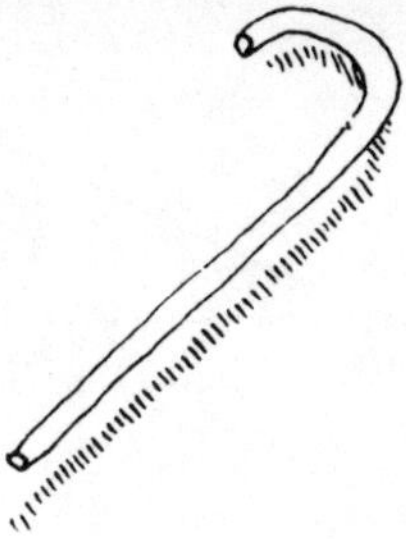

Der erste Vorfall war der: Eine meiner ersten Erinnerungen ist, wie Laurie und ich eine alte Frau an der Ecke Kenwood Road und Southborough Drive entdeckten. Sie erzählte uns immer wieder, sie sei gerade im Sprechzimmer ihres Doktors gewesen und habe ihre Einkaufstasche vergessen. Das verwirrte uns, denn wir wußten, daß sich meilenweit in jeder Richtung nichts anderes als Einfamilienhäuser und Wildnis befanden.

Wir nahmen sie mit nach Hause, und Mama begriff sofort, daß die alte Frau senil war, und rief einen Krankenwagen. Laurie saß die ganze Zeit über mit der Frau auf der Terrasse und hielt ihre Hand, bis der Krankenwagen kam und die Frau mitnahm.

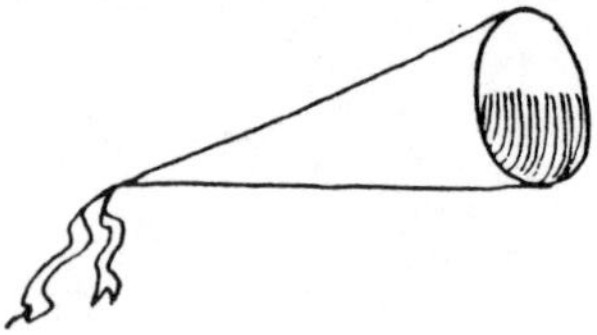

Die zweite Begebenheit war die: Laurie hatte früher eine Lieblingsgeschichte – von einer Prinzessin, die in einem Schloß lebte. Brent, Wendy und ich mußten die Geschichte ein paarmal draußen im Wald mit ihr nachspielen. Sie ging so: Eine Prinzessin, die im Turm eines Schlosses wohnte, verliebte sich in einen Prinzen, der aus einem fernen Land herbeigereist war. Ihr Vater, der König, war außer sich vor Wut. Er rief eine Hexe, die für ihn einen Vergessenstrank braute. Der König stieg daraufhin hinauf in das Turmzimmer seiner Tochter und zwang sie, den Hexentrank zu schlucken. Seine Wächter mußte die Arme seiner Tochter auf dem Rücken zusammenhalten, während er das abscheuliche Gebräu in ihre Kehle goß. Als sich der Trank in ihrem Innern befand, ließen die Wächter sie los. Doch dann, bevor man sie aufhalten konnte, lief die Prinzessin zum Fenster und sprang aus dem Turm in den Tod, ehe der Trank ihre Seele ergriff, ehe sie ihre Liebe vergaß.

Die letzte Begebenheit ist die: Als wir Kinder waren, zogen Brent, Laurie und ich Kanada-Gänse auf. Laurie klaute Eier aus den Nestern bei den Teichen des Golfplatzes, und wir brüteten sie in einem mit Alufolie ausgelegtem, von einer 40 Watt Glühbirne beheiztem Jonny-Walker-Whiskykarton aus, wobei wir die Eier jeden Tag zweimal wendeten, bis die Gänse ausschlüpften – ein von entzückendem Gepiepse untermaltes Ereignis, das die beiden darauffolgenden wonnigen Monate über anhielt, bis das Gepiepse zu einem tiefkehligen Schrei herangereift war.

Gänse geben wunderbare Haustiere ab; sie sind neugierig, liebevoll, treu ergeben und schlau wie Füchse. Dazu wahnsinnig komisch. Sie saßen neben uns auf dem Rasen und zupften das Gras aus, während wir in Schundheften schmökerten und ihren weichen grauen Brustflaum streichelten. Immer öfter reckten sie ihre zunehmend länger werdenden Hälse, um an unseren Ohren zu knabbern, und gaben in ihrem schier unersättlichen Verlangen nach mehr Aufmerksamkeit ihre halbwüchsigen Schreie von sich. Sie waren Freunde für einen Sommer, watschelten hinter uns her durch die Gegend, ließen dabei hupenartiges Geschrei ertönen, zischten Katzen an und kamen sofort an unsere Seite gewackelt, wenn wir auch bloß einen Moment stehenblieben. Bei Unwetter saßen sie drinnen eng beieinander auf dem Klavierhocker, um dann hinterher wieder hinaus in den Garten und zu den Teichen zu watscheln und dabei in ihrem Gefolge eine Spur rasenstutzender Kleckse zu hinterlassen. So viel Arbeit, aber auch so viel Spaß.

Die Sache bei Kanada-Gänsen ist nun aber die, daß sie sich nur ein Jahr und einen Tag lang an dich erinnern können. Es ist sozusagen unvermeidlich, ganz gleich, wie kosmopolitisch sie aufgewachsen sind, daß alle Gänse wieder wild werden und die Familie, in der sie aufgewachsen sind, vergessen; eine traurige Wahrheit, die ein wesentlicher Bestandteil der Erfahrungen ist, die man mit ihnen macht. Aber, wie gesagt, ein Jahr und einen Tag lang erinnern sie sich *tatsächlich* an dich; es gibt einen Tag im Jahr, an dem sie nach Hause kommen, nur das eine Mal.

Gewöhnlich geschieht das sehr früh am Morgen, wenn du noch tief schläfst. Du wirst von einem vertrauten Laut geweckt, diesem hupenartigen Schrei, woraufhin du zusammen mit der übrigen, schlaftrunkenen Familie hinaus in den Garten eilst. Du suchst den Teich und den Rasen ab und findest keinerlei Hinweise auf deine alten Freunde. Und dann blickst du hinauf aufs Dach, hinauf auf den Dachfirst. Und dort stehen dann deine alten Freunde auf der höchsten Spitze, plump wie Thanksgiving-Truthähne, und lassen das fröhliche Trompeten ertönen, das jubelnd dem Inneren ihrer Herzen entspringt, um dich da unten, während du zu ihnen hinaufwinkst, nur für dieses eine Mal wissen zu lassen, daß ihre Liebe zu dir größer ist als all die Mächte des Universums, die jeden von uns auseinanderreißen, die das Beste in uns auslöschen – unsere Erinnerungen an das, was einmal war.

1000 JAHRE
(Life after God)

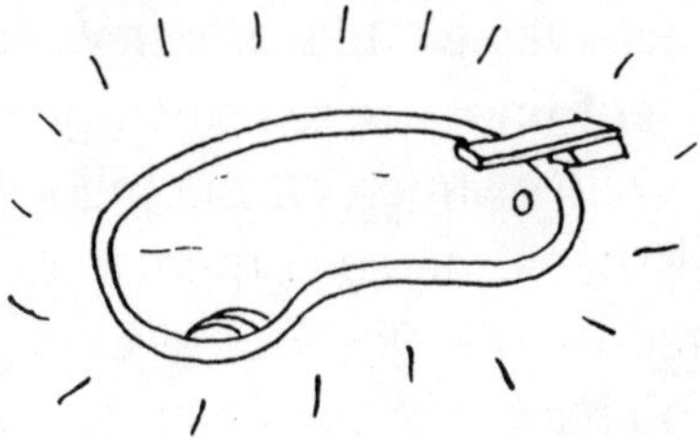

Als Kinder der Vororte ließen wir uns abends in Schwimmbecken mit der Temperatur von Blut treiben, in Becken in der Farbe der Erde, vom Weltraum aus gesehen. Meine Freunde und ich legten das Adams- und Evakostüm an; Stacey, die Knakkige mit ihrem langen blonden Haar und dem Malibu-Barbie-Körper; Mark, unser schweigsamer Muskelmann; Kristie, unsere sommersprossige, rothaarige Witz-Kanone; Julie, die Stimme-der-Vernunft mit ihrem »statistisch durchschnittlichen« Körper; Dana, der honigfarben gebräunte Ski-Freak mit nicht vorhandenen Bräunungsstreifen und einem verdächtig großen Haufen Bargeld, und der prüde Todd, der beim Ausziehen ewig der letzte war und auch dann noch seine Unterhose erst unter Wasser abpellte. Wir waren nackt und ließen uns im Wassser treiben – während wir so taten, als seien wir Embryos, als seien wir Föten – still und geborgen umfangen vom

Summen des Wasserfilters. Unser Verstand war wie leergefegt und unsere Augen geschlossen, während wir im warmen Wasser trieben, die Differenz zwischen unseren Körpern und Gehirnen auf Null reduziert – gebadet in Chlor und beleuchtet von reinem blauen Licht, das unterhalb des Sprungbretts installiert war. Manchmal faßten wir uns bei den Händen und bildeten einen Ring wie Astronauten im Weltall; manchmal, wenn wir uns in unserer fötalen Trunkenheit isolierter fühlten, stießen wir am tieferen Ende gegeneinander wie Zwillinge, die nicht einmal wissen, daß sie denselben Schoß teilen.

Anschließend rubbelten wir uns mit Handtüchern trocken und fuhren in unseren Wagen die Straßen entlang, die in den Berg, auf dem wir wohnten, geschlagen waren – unter den Bäumen hindurch, durch die verschiedenen Viertel, von Schwimmbecken zu Schwimmbecken, von Keller zu Keller, Cypress Bowl hinauf, hinunter nach Park Royal und über die Lions-Gate-Brücke – wobei die endlose Bewegung jegliche tiefergehende Form von Gedanken ersetzte. Das ständig eingeschaltete Radio war voller Liebeslieder und Rockmusik; der Rockmusik schenkten wir Glauben, aber den Liebesliedern, denke ich, glaubten wir nicht, weder damals noch heute. Wir führten ein paradiesisches Leben, und somit war jegliche Diskussion über transzendentale Ideen hinfällig. Wir nahmen an, daß Politik irgendwo in einem fernsehübertragenen Nicht-Paradies existierte; der Tod war so etwas Ähnliches wie Recycling.

Das Leben war voller Zauber, aber ohne Politik und Religion. Es war das Leben der Kinder von Kindern der Pioniere – ein Leben nach Gott – ein Leben irdischer Erlösung am Rande des Himmels. Vielleicht ist dies das Herrlichste, nach dem wir streben können, ein Leben voller Frieden, der verschwommene Bereich zwischen erträumtem und wahrem Leben – doch ich muß feststellen, daß ich diese Worte voller Zweifel sage.

Ich glaube, irgendwo auf der Strecke sind wir übers Ohr gehauen worden. Ich denke, der Preis, den wir für dieses goldene Leben zu zahlen hatten, war die Unfähigkeit, voll und ganz an die Liebe zu glauben; statt dessen hatten wir uns eine Ironie zugelegt, die alles, was sie berührte, versengte. Und ich frage mich, ob diese Ironie der Preis ist, den wir dafür zahlten, daß wir Gott verloren.

Aber dann muß ich mir wieder selbst vor Augen führen, daß wir lebendige Geschöpfe sind; wir verfügen über religiöse Impulse – *es kann nicht anders sein* –, doch in welchen Spalten versickern diese Impulse in einer Welt ohne Religion? Darüber denke ich jeden Tag nach. Manchmal glaube ich, es ist das einzige, worüber ich nachdenken sollte.

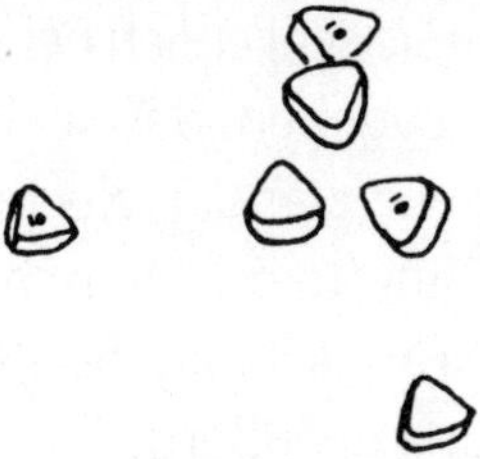

Die Schwimmbecken-Geschichte lag im letzten Juli eineinhalb Jahrzehnte zurück. Es war der Monat, in dem mir mein Arzt eine ganz bestimmte Sorte kleiner gelber Pillen verschrieb. Jetzt ist Januar.

Ich war durch eine rauhe Lebensphase gegangen – zumeist Depressionen und Angstzustände, nicht nur einfach ein Fall von Schwermut. Es war schlimmer als das. Keine liebevoll gemeinte Geste wie eine Umarmung oder ein Haufen silberner Ballons mit guten Wünschen konnte die Stimmungen kurieren, die mich seit ein paar Jahren auffraßen. Dr. Watkins kleine dreieckige Pastillen in der Farbe durchgeseihter Babynahrung schienen meine Stimmungslage tatsächlich zu glätten – und das war mir ausgesprochen lieb.

Dr. Watkin versicherte mir, daß diese Pillen äußerst verbreitet seien und die meisten Leute früher oder später in ihrem Leben an einen Punkt gelangten, an dem sie sie schließlich nehmen mußten – und ich muß zugeben, daß meine Launen durch sie nicht mehr ständig wechselten. Ich wurde auch ein viel »netterer« Mensch (viele meiner Freunde und Familienangehörigen haben sich in dieser Richtung geäußert). Als zusätzlicher Bonus wurde meine Arbeit effizienter, und so wurde ich insgesamt ein produktiveres Mitglied der Gesellschaft. Ich nehme an, es war so etwas wie kosmetische Gehirnchirurgie.

Na ja, okay, mit dieser Pillengeschichte hat es mehr auf sich. Aber vielleicht hast *du* auch schon mal in deinem Leben Pillen eingenommen – und vielleicht wußtest *du* dabei während deiner Tiefpunkte auch nicht genau, warum du sie eigentlich einnahmst, sondern warst nur froh, daß es solche Pillen gab. So ähnlich ging's mir jedenfalls.

Ich erzähle dir das alles, während ich hier auf dem Waldboden in der Wildnis von Vancouver Island in meinem alten Boy-Scout-Zelt sitze, das seit Jahrzenten nicht benutzt worden ist. Die Bodenplane aus Plastik müffelt etwas nach einem mit schlecht gewordenem Joghurt angefüllten Kühlschrank; meine Hände halten die letzte Packung Zigaretten gegen die Brust gepreßt, die wärmend von meinem Anzugjackett mit Krawatte und einer alten grauen Armeedecke umhüllt wird. Ich versuche, die Zigaretten vor dem ständig durchsickernden Regen trocken zu halten. Die Nacht bricht an.

Und wie du wahrscheinlich schon bemerkt hast, ist da einiges, was ich an dieser Stelle nicht sage, gibt es Dinge, die zu erzählen ich einfach nicht über mich bringe. Bitte warte noch einen Augenblick – hab ein wenig Geduld mit mir –, und ich werde versuchen, dir mehr zu verraten.

Vielleicht sollte ich dir berichten, wie sich meine Fötus-Freunde seit damals durchs Leben geschlagen haben, dir erzählen, was für seltsame Wege ein jedes unserer Leben ging. Und obwohl wir jeweils eine Milliarde verschiedener Pfade einschlugen, gelangten wir am Ende merkwürdigerweise alle zu derselben Art von Nicht-Ort.

Da ist zunächst einmal Mark – Mark der Muskelmann, ein Kerl, der dich zu Petroleum zerquetschen konnte, wenn er wollte –, er ist seit ungefähr zwei Jahren HIV-positiv. Es geht ihm heute ganz gut, er arbeitet immer noch in dem Maklerbüro in der Innenstadt; aber aus leicht begreiflichen Gründen denkt er mehr über die Letzten Dinge nach, als dies andere Leute wohl tun. An regnerischen Abenden trinken wir zusammen Retro-Cocktails (Sidecars, Singapore Slings) in der Sylvia-Hotel-Lounge mit Blick über die English Bay.

Er sieht seine Lage auf seine Weise. Er sagt: »Wenn du es dir mal genau überlegst, gibt es für unsere Körper keine Möglichkeit, herauszufinden, wo sie beginnen und wo sie enden. Ein Immunsystem hält dich ebensowenig gesund, wie es deinen Körper darüber unterrichtet, wo dessen Grenzen liegen. Im Augenblick ist es so, als sei da ein Loch, das mich tunnelartig durchzieht und meinen Körper darüber verwirrt, wo ich anfange und wo ich ende – das Äußere sickert ins Innere. Denk nur an Schweizer Käse – wenn die Luftlöcher zu groß werden, ist es kein Schweizer Käse mehr, er wird, na ja ... *zu nichts*. Ich nehme an, das ist es, was meinem Gefühl nach mit mir geschieht. Ich werde zu nichts. Und, ja, es macht mir angst.«

Unsere Gespräche sind nie leicht, aber je älter ich werde – *wir* werden –, desto mehr stellen wir fest, daß wir unsere Gespräche unbedingt führen müssen. In unserem Innern brennt ein Bedürfnis, mit anderen zu teilen, was wir fühlen. Ab einem bestimmten Alter empfindet man Aufrichtigkeit nicht mehr als obszön. Es ist, als wäre die Coolness, die unsere Jugend kennzeichnete, selbst ein Retrovirus, der dich nur mit einem Gefühl von Leere zurücklassen kann. Voller Löcher.

Ein anderer Abend in der Sylvia Lounge und eine weitere Runde Cocktails, mit Stacey diesmal, der geschiedenen Aerobic-Trainerin und Reno-Gehilfin, die zu mir sagen wird: »Wir wurden darauf trainiert, zu glauben, daß das Leben ohne Zauber sei – einfach weil es uns gehörte. Warum wollte man uns bloß weismachen, daß Zauber etwas sei, das an irgendeinem anderen Ort anderen Leuten widerfährt? Warum konnten sie nicht ganz einfach zu uns sagen: ›Kinder, besser kann's nicht mehr werden. Also saugt alles in euch auf, solange ihr könnt‹?«

Sie wird ihren zweiten Cranberry-Martini (Crantini) austrinken. Stacey ist jetzt Alkoholikerin. Und ihr Gesicht hat diesen harten Ausdruck von Leuten, die mit Koks flirten. Das macht mich traurig, weil sie immer noch so hübsch ist und ich sie mehr liebe als die meisten anderen Leute in meinem Leben. Aber ich weiß, daß die einzige Art, auf die sie zu ihrem ersehnten »Zauber« in Bezug treten kann, die Flasche ist.

Doch je älter ich wurde, desto klarer wurde mir, daß es nicht viel gibt, was ich oder sonst jemand in einer Situation wie Staceys tun kann. Nach einiger Zeit verstehst du, auf welche Art die Dinge im Leben schieflaufen können, du kennst all die Muster und Versuchungen, du erkennst, in welcher Weise Menschen andere Menschen benutzen.

Die Verderbtheit verliert ihren Glamour, das Lernen macht keinen Spaß mehr. Du willst keine Energie vergeuden, also lernst du statt dessen Toleranz und Mitleid und Liebe – und Distanz; es sind harte Worte, die ich da sage. All das zu sagen, fällt mir schwer.

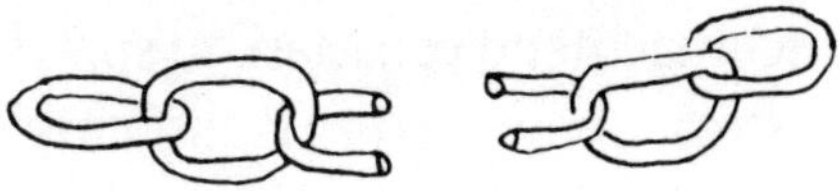

Stacey wird vertrauensselig werden. Sie wird zu mir sagen: »Es gibt einen großen Unterschied zwischen dir und mir und dem Rest der Welt, Scout«, und ich werde sie fragen, was für einer das sei. Sie wird sagen: »Na, du kennst doch den Punkt, an den du eines Tages gelangst – an dem Tag, an dem du plötzlich eine Bruchlandung machst und feststellst, daß du ganz allein auf der Welt bist und in den Abgrund stürzt?«

Ich werde erwidern: »Natürlich, kennen wir den nicht alle?«

Stacey wird daraufhin sagen: »Nun, die meisten Leute leben gewöhnlich mit jemandem, wenn das geschieht, und insofern ist die Vertreibung aus dem Garten Eden nicht annähernd so schlimm. Aber du und ich, Scout, wir haben eine ganz schöne Wegstrecke zurückgelegt. Wir sind durch die ganze Chose allein hindurch. Wir sind jetzt Inseln.«

Ich werde nicht wissen, ob das als Kompliment aufzufassen ist oder nicht. Sie wird langsam anfangen, schmachtend von Mark zu sprechen, für den sie stets unerwiderte Sehnsüchte hegte: »Oh, armer Markie – er ist schöner als wir anderen alle zusammen, und ich glaube wirklich, ich würde mein Leben dafür opfern, daß er am Leben bleibt und der Welt für ein paar weitere Jahre einen schönen Anblick bietet. Gib's zu, Scout, du würdest alles dafür geben, wie ein Chippendale-Tänzer auszusehen – und sei es nur für zehn *Minuten*.«

Sie wird feststellen, daß ihr Glas leer ist, und ihren Kopf auf der Suche nach dem Kellner hochschnellen lassen. »Und weißt du *was*? Mark hat es nicht mal seinen Eltern erzählt. Er glaubt, sie würden ihn im Stich lassen.«

Dann wird ein weiterer Crantini serviert werden, und mir wird klar werden, daß ich mich hier bald abseilen muß. Und dann werden wir irgendwie auf Gott zu sprechen kommen. Stacey wird zu mir hochsehen – immer noch so entzückend und doch *so* betrunken – und wird sagen: »Scout, *Gott* ist das Gebiß des Mannes, der mich an einem glücklichen Abend in den Nacken beißt. *Gott* ist eine Stimme in der Nacht, über die ich mir, wenn ich sie höre, keine Sorgen mache, weil ich weiß, wer es ist. Hörst du mich überhaupt, Scout?«

»Ich höre dich, Stacey«, werde ich sagen. Und ich werde auch zuhören; eine frühere Ausgabe meiner Person hätte bereits das Thema gewechselt. Irgendwo haben viele von uns vor Jahren die Verbindung zwischen Liebe und Sex zerbrochen. Und wenn sie erst einmal zerbrochen ist, kann sie nie wieder hergestellt werden.

Julie entwickelte sich »normaler« als beispielsweise Mark oder Stacey. Sie hat zwei Kinder und wohnt in Pemberton Heights in Nord Vancouver, was so vorstadtmäßig ist, wie es nur geht. Sie hat einen »netten Kerl« namens Simon zum Ehemann und blickt auf die früheren Jahre, als wir alle zusammen waren, wie auf etwas Gefährliches und Schönes zurück – aber glücklicherweise aus einiger Entfernung wie Tiger im Zoo in ihrem Käfig.

»Ich versuche zur Zeit gerade, meine Stimme zu verändern, Scout«, wird sie mir mitteilen, während wir auf den Zementstufen vor ihrer Eingangstür sitzen und schwachen Mr.-Coffee-Kaffee trinken. »Weißt du, ich versuche, der Hölle der Ironie zu entkommen, Zynismus in Glauben zu verwandeln, Zufälligkeit in Klarheit, Sorge in Ergebenheit. Aber das ist schwierig, weil ich versuche, dem Leben gegenüber aufrichtig zu sein, doch dann stelle ich den Fernseher an, sehe einen Spiel-Show-Master und hebe hilflos die Hände und gebe auf. Viel zu leichte Beute! Es wäre um so vieles leichter, Klarheit zu erlangen, wenn wir nicht von so vielen schäbigen Berühmtheiten umgeben wären. Stimmt's nicht?«

Julie wird ihren beiden Söhne zurufen, sie sollen aufhören, sich um ein Super Soaker zu streiten (während sie mir gleichzeitig die Decknamen, die sie ihnen gegeben hat, zuraunt: »Damien« und »Satan»), und unser Gespräch wird fortgesetzt. »Kümmere dich einfach nicht um die Bälger.«

Wir werden noch etwas länger miteinander reden, wenn der Tag warm ist, und die Stadt vor uns wird golden leuchten, während ein Dutzend Baukräne ihr Profil fast stündlich verändern. Sie wird sagen: »Vor tausend Jahren gingen die Leute einfach davon aus, daß das Leben ihrer Kinder genau wie das ihrige verlaufen würde. Heutzutage mußt du davon ausgehen, daß das Leben für die nächste Generation – verdammt, das Leben in der nächsten *Woche* – schockierend anders ist als das Leben heute. Wann haben wir begonnen, so zu denken? Was haben wir erfunden? War es das Telefon? Das Auto? Warum ist das geschehen? Ich *weiß*, daß es irgendwo eine Antwort gibt.«

Wir werden noch etwas länger miteinander reden. Sie wird mich an einen Abend erinnern, den wir sieben 1983 zusammen verbrachten. »Weißt du noch, der Abend, an dem wir Gin-Lemon tranken und jeder von uns sich vom West-Van-Friedhof eine Blume fürs Revers klaute.«

Ich werde eine Erinnerungslücke haben. Ich kann mich nicht entsinnen.

»Oh, Scout, laß mich jetzt nicht hängen – *so* betrunken warst du nicht. Du hast mir in dem Restaurant in der Innenstadt noch diesen großartigen Rat gegeben. Ich habe auf Grund dieses Rates die *Schule* gewechselt.

Ich werde mich immer noch nicht erinnern können. »Tut mir leid, Julie.«

»Das ist wirklich zum Heulen, Scout. *Erinnere dich*. Markie ging ohne Hemd die Denmam Street hinunter; Todd und Dana und Kristy ließen sich falsche Tätowierungen verpassen.«

»Äh – totales Gehirnversagen in dieser Sache. Absolut nichts.«

Julie ist ganz besessen davon, mir den Abend wieder in Erinnerung zu rufen: »Da standen diese entsetzlichen venylbezogenen 70er-Jahre-Möbel in dem Restaurant. Du hast einen lebendigen Fisch gegessen.«

»Halt!« werde ich schreien. »Braune 70er-Jahre-Möbel – ich erinnere mich an braune 70er-Jahre-Möbel.«

»Gott sei Dank«, wird Julie sagen, »ich dachte schon, ich würde verrückt werden.«

»Nein, warte, langsam dämmert's bei mir wieder ... die Blumen ... der Fisch.« Wie an einem dünnen, von Julie behutsam angezogenen Strang Zahnseide wird mir der gesamte Abend wieder Stück für Stück in Erinnerung gebracht. Zu guter Letzt werde ich mich an die Nacht in ihrer Vollständigkeit erinnern, aber das wird seltsam ermüdend sein. Wir werden beide schweigend auf den warmen Zementstufen sitzen. »Worum ging es bei der ganzen Geschichte überhaupt?« werde ich fragen.

»Das weiß ich nicht mehr«, wird Julie entgegnen.

Wir werden beide etwas über das Wesen von Erinnerungen geschockt sein, ich mehr als Julie – darüber, wie sie alle irgendwo im Gehirn gespeichert sind, aber verloren gehen oder in der falschen Kartei landen können oder Gott weiß was. Hätte Julie nicht dagesessen und mich durch die Erinnerungen an jene Nacht geleitet, ich wäre zu Grabe getragen worden, ohne mich jemals an etwas erinnert zu haben, was in der Tat eine Nacht voller Zauber in meinem Leben war. Und was für einen Sinn hätte es dann überhaupt gehabt, jene Nacht zu erleben? Also schweigen wir beide.

Dann wird es Zeit sein, aufzubrechen, und ich werde mit einem Fuß in meinem Wagen am Ende der Auffahrt neben Simons frisch gepflanzten Baby-Rhododendren stehen. Und Julie wird zu mir sagen: »Also dann bis bald, James Bond. Zurück in deine Junggesellen-Fledermaushöhle. Ich wünschte, ich könnte mit dir fahren.«

Ich werde einen Moment darüber nachsinnen und ihr dann entgegnen: »Nein, das willst du gar nicht. Ich würde eine Million Dollar dafür geben, hier bei *dir* im Haus bleiben zu können –, nur für einen Tag lang Simon zu sein.«

Und sie wird eine Pause machen und dann sagen: »Weißt du, Scout, es ist ein ganz gutes Leben, aber ich vereinsame hier auch – im Haus. Mach dir nichts vor.« Dann wird sie mich leicht auf die Wange küssen, und ich werde fortfahren, zurück in die Stadt.

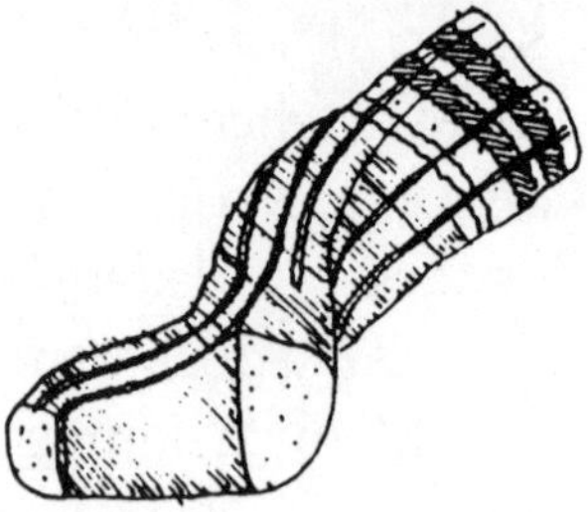

Ich kehre zurück in dieses feuchte kleine Zelt hier draußen im dunkler werdenden Regenwald. Es wird kälter, da jetzt das Tageslicht hinter den verhangenen Regenwolken verschwunden ist – aber nicht zu kalt. Es wird hier nie *zu* kalt, und dieser Januar ist bislang mild gewesen. Die Batterien in meiner Taschenlampe sind leer; ich habe mich auf diese Fahrt nicht sonderlich gut vorbereitet – ich bin eher in Eile aufgebrochen –, dazu später Näheres. Ich sitze hier, zupfe an einem Paar trockener grauer Arbeitssocken, die ich an der PetroCan-Tankstelle in Duncan gekauft habe, und verzehre mein drittes Kit Kat. Im Zelt riecht es jetzt ein bißchen wie nach einer Ostereiersuche.

Genausogut kann ich dich über die anderen drei Föten aufklären, die in meiner Jugend die Schwimmbecken mit mir teilten. Und dann möchte ich dir noch folgendes sagen: Vor einer

Woche warf ich die Pillen weg, die mir Doktor Watkin gegeben hat. Sie befinden sich jetzt in einem braunen Medizinfläschchen aus dem Drug Mart, behaglich begraben auf der städtischen Müllhalde. Du vernimmst also mein wahres Ich. Nicht die Pillen.

Das wollte ich dir nur noch gesagt haben.

Dana.

Dana war der Experimentierfreudigste von uns sieben. Wir wußten, daß er alle möglichen krausen Dinge tat, aber bei uns bemühte er sich, »normal« (schon wieder dieses Wort) zu sein. Ich nehme an, das war es, was uns für ihn so anziehend machte. Erst Jahre später fand ich heraus, wie kraus einiges in seinem Verhalten war.

Er nahm mich mit in sein West-End-Apartment im paarundzwanzigsten Stock eines 60er-Jahre-Zementturms, zeigte mir in einer Anwandlung generöser Geständigkeit einen Stapel Pornohefte, in denen zwischen verschiedenen Seiten Notizzettel steckten, und sagte: »Schau her.« Das tat ich und erblickte Dana unterschiedlichen Alters im Verlauf der Jahre, ohne Bräunungsstreifen, so ziemlich alles mit so ziemlich jedem praktizierend. Ich war sprachlos. Was soll man da auch sagen?

Dann zog er mich zu einem Küchenschrank herüber, in dem sich ein Staubsauger und ein paar große Pakete Tide-Waschmittel befanden. Aus einem der Tide-Pakete nahm er eine klarsichtige Plastiktüte, die mit etwas anderem als Tide gefüllt war. Von dort aus gingen wir ins Badezimmer, und er spülte den Gegenwert einer Ivy-League-Eliteausbildung für ein Zwillingspaar im Klo herunter.

Danach begaben wir uns in sein Wohnzimmer – ausgestattet mit IKEA-Möbeln und Yuppie-Elektronik-Spielzeug voller Brandlöcher von Zigaretten, rauchten eine letzte Zigarette und sahen zu, wie die Sonne silbern die Segelboote in der English Bay beschien. »Ich brauchte nur einen Zeugen, das ist alles«, sagte er.

»Dann bin ich dein Zeuge«, erwiderte ich.

»Ich habe mich geändert«, sagte er.

»Das freut mich«, entgegnete ich.

Darauf erfolgte ein Schweigen, dann einige verlegene Auf-Wiedersehen, und dann verließ ich das Apartment, und es vergingen Jahre, bevor ich Dana wiedersah. Dies geschah auf dem Parkplatz des Save-On-Foods-Supermarkts im Park-&-Tilford-Einkaufszentrum. Er war gerade dabei, einen Kleinlaster mit Lebensmitteln zu beladen, während eine Frau ein Baby im Kindersitz festschnallte und dabei versuchte, ein älteres, lärmendes Kind auf dem Nebensitz zur Ordnung zu rufen.

Ich ging zu ihm hinüber und sagte: »Dana! Wir haben uns ja eine Ewigkeit nicht gesehen«.

Angst glomm in seinen Augen. Die Frau – seine Ehefrau – sah neugierig auf, und Dana stellte mich hastig als Scout vor. »Wir haben auf der High School immer zusammen Fußball gespielt.«

»Wie schön«, sagte sie und fuhr fort, das Kind anzuschnallen.

»Sieh an, du hast Kinder ...«, sagte ich, »toll, wann hast du geheiratet?«

Dana schnitt mir das Wort ab. Er knallte die Ladeklappe zu, stieß den Einkaufswagen zur Seite, ohne sich die Mühe zu machen, die 25 Cents Pfand dafür zurückzuholen, wühlte nach seinem Schlüssel und öffnete eilig die Wagentür. »Ich kann nicht mit dir reden, Scout. Ich kann einfach nicht.«

»Hey – okay, okay. Überhaupt kein Problem«, erwiderte ich.

Dana ließ den Wagen an. Seine Frau lächelte, winkte mir zu und rief: »Hat mich sehr gefreut!« durch den sich schließenden Spalt des Fensters, das Dana zukurbelte.

Eine Woche später, gegen sechs Uhr abends, rief mich Dana an – ich bin nicht schwer zu erreichen, meine Telefonnummer ist seit fast zehn Jahren dieselbe –, und er stand offenbar in einer Telefonzelle den aufheulenden Autos und Lastwagen im Hintergrund nach zu urteilen.

»Ich bin's«, sagte er.

»Das höre ich. Alles okay mit dir?«

Pause. »Absolut.«

Ich versuchte, ein Gespräch anzufangen, und hatte das vage Gefühl, mich in einem stillen Raum mit jemandem zu befinden, der nur noch kurze Zeit am Tropf hängen würde. »Deine Frau wirkt sehr nett«, sagte ich.

»Ich bete für dich«, erwiderte er.

»Oh«, sagte ich. »Äh, vielen Dank.«

»Ich bete für dich, weil du keinen Glauben hast und somit auch keine Seele.«

»Hey, Danester..., ich mag keinen Glauben haben, aber deshalb habe ich doch eine Seele. Außerdem wäre ich dir sehr dankbar, wenn du mich nicht so von oben herab behandeln würdest.«

»Gott steigt hinunter in die Vororte, Scout. Zu unserer Zeit erwarteten wir niemals die Strafe Gottes, aber sie wird kommen.«

»Dana? Was soll das?«

»Die Zeit naht, Scout. Du wirst nicht länger in linearer Zeit leben müssen; die Vorstellung von Unendlichkeit wird an Schrecken verlieren. Alle Geheimnisse werden sich offenbaren. Es wird eine große Zerstörung kommen; Strukturen wie Wolkenkratzer und Multikonzerne werden zu Staub zerfallen. Dein Traum-Leben und dein wirkliches Leben werden miteinander verschmelzen. Musik wird erklingen. Ehe du deinen Körper verlierst, wird dieser sich nach außen stülpen und auf den Boden fallen und braten wie ein Steak auf einem billigen Grill, und du wirst erlöst und gerichtet werden.«

»Hmmm, Dana ... Ich glaube, da wartet jemand auf einer anderen Leitung. Kann ich dich zurückrufen?«

»Vielleicht fährst du gerade in einem Auto, wenn das geschieht. Vielleicht kaufst du gerade in einem Modeladen ein. Vielleicht ...«

»Hey, Dana. Ich muß Schluß machen. *Ciao.*«

Soviel zu Dana.

Todds Leben hat sich am wenigsten von uns sieben verändert. Er schmiß sein Studium an der Simon-Fraser-Universität vor über zehn Jahren und begann, seine Zeit zwischen Bäumepflanzen und Arbeitslosenunterstützung zu vertrödeln – ein Lebenswandel, den zu ändern er keinerlei Anstalten macht. Er wohnt in einem Haus aus den 40ern am Commercial Drive in Ost-Vancouver zusammen mit einem ständig wechselnden Ensemble aus Ökofreaks, Slackern, Deadheads, nationalistischen Québecois, Mountain-Bikern und Teilzeitmusikern.

Am engsten verbindet uns unser Job gleich nach der High School, als wir zusammen zwei Sommer damit verbrachten, Bäume zu pflanzen, wie Zigeuner von einem Vertrag zum nächsten wechselten und Sämlinge in Kahlschläge setzten, die sich über British Columbia erstreckten: Bowron Lake, Camper Creek, den Okanagan, Nelson,

Tzenzaicut, das Sheemahant Valley. Vom Gegenwind wurde uns Unkrautvernichtungsmittel aus Hubschraubern ins Gesicht geblasen; wir schwammen in Sümpfen zwischen Preisselbeersträuchern; wir hörten Fremde an die Fenster des Motels oben auf den Queen-Charlotte-Inseln klopfen und »Hasch . . . Pilze . . . Koks . . .« flüstern; wir nahmen halbstündige Gemeinschaftsduschen, bei denen wir das kostbare heiße Wasser teilten und uns mit Bimsstein die von den Rodungsfeuern stammende Holzkohle von der Haut scheuerten. Es war eine schöne Zeit; Todd kam nie davon los.

Wenn ich Todd in seinem Haus besuche, wird er mir seine Theorien über buchstäblich alles mitteilen. Ich besuche ihn nur ein paarmal im Jahr – er besucht mich nie in der Innenstadt. Er wird zusammengekauert auf seinem Balans-Stuhl hokken, dessen Polsterungen mit Dr. Seuss's The Lorax T-Shirts überzogen sind, während er Vitamin B-12 unter der Zunge zergehen läßt.

»Hallo Todd«, werde ich ihm über eine in voller Lautstärke dröhnende Fortran-5-Kassette hinweg zurufen, die zur Untermalung eines tonlosen Zombie-Videos läuft.

»Dudeski, Dudeski, *Dudeski* – was zu knabbern?« Er wird mir irgendeinen klumpigen Rest in einer Austernschale anbieten, und ich werde ihm entgegnen: »Klar»; und er wird mir ein Sauerteig-Brötchen über den mit Lumpenteppichen belegten Fußboden zuwerfen, auf dem Weinschläuche, Schaumstoffpolster, Overalls, Schlafsäcke, Wollsocken, ein Surfbrett, Gummi-Quietschtiere für Katzen und Jumbo-Tiki-Salat-Gabeln und -Löffel verstreut sind.

Todd wird Biker-Shorts, fingerlose Wollhandschuhe und einen Aran-Pullover aus dem Value Village tragen. Durchnäßte Cowichan-Pullover werden in einer Reihe auf den Haken im Eingangsflur hängen. Ich werde mich hoffnungslos bourgeois fühlen, in was immer ich auch anhabe, und auf dem ausrangierten Boing-737-Sitz neben Todds Balans-Stuhl Platz nehmen.

»Todd«, werde ich sagen, »kann ich die Musik leiser drehen?«

»He? Was ist los?«

Ich werde die Musik ausstellen, Frieden wird einkehren, und dann werden wir reden.

»Bäumepflanzen bringt nichts ein«, wird er sagen. Ich werde mir nicht die Mühe machen, darauf hinzuweisen, daß er *sehr wohl* andere Möglichkeiten im Leben hat.

Todd wird unruhig hin- und herrutschen. Vielleicht hat er irgendwelche Drogen eingeworfen.

Stacey ist Alkoholikerin geworden, aber Todd hat's mit Drogen. Mark bezeichnet Todds Lebensart mit »wake n' bake«.

Todd wird an den Knöpfen eines Motorola Walkie-Talkies herumfummeln, das auf einem Stapel Macintosh-Disketten liegt. Draußen veranstalten Teenager ein Rennen auf dem in der Nähe verlaufenden Commercial Drive. Von allzu vielen Espressi aufgeputschte Performance-Künstler kreischen wie geile Kater die Jeopardy!-Filmmelodie. Es herrscht eine farbenfrohe, behagliche Chaos-Stimmung. Chaos mit einem unterschwelligen Ton störender Willkür.

Wir werden ein bißchen über alte Zeiten sprechen, aber Todd wird nicht sonderlich daran interessiert sein. Ich bin der einzige aus der alten Gruppe, mit dem er noch in Kontakt steht, und auch das nur auf Grund der Bemühungen meinerseits. Daß wir uns alle sieben mal wieder treffen, scheint ziemlich ausgeschlossen.

Doch von Zeit zu Zeit wird der wahre Todd durch den Nebel von Drogen und spiralförmig abwärtsgleitendem Lebenswandel hindurch zum Vorschein kommen, und dann wird mir wieder einfallen, warum ich mir über all die Jahre hinweg die Mühe mache, ihn zu besuchen. Ich frage ihn beispielsweise, woran er denkt, wenn er Baumbabys auf die lobotomisierten Kahlschläge im Norden pflanzt. Er wird knurren und lachen (oh – seine Zähne!) und sagen: »Die Kohle, Dudeski, wegen der Kohle«, und dann wird er innehalten und sagen: »Du weißt, das stimmt nicht. Mann, du weißt, das war nur ein schlechter Witz. Willst du wirklich wissen, woran ich denke, wenn ich da draußen bin?«

»Ja.«

»Ich denke an folgendes … Ich denke daran, wie schwer es ist – sogar mit dem brennenden Wunsch und sogar wenn man den Willen und die

Zeit hat –, diesen Punkt in unserem Innern zu erreichen, der unbefleckt geblieben ist, den zu berühren wir niemals schaffen, von dem wir aber wissen, daß er existiert; und ich versuche, zu diesem Punkt vorzudringen.«

Er wird ein Quentchen Drum Tobacco in seinem Drehapparat rollen und dabei nach unten schielen. »Mann, was bleibt dir sonst? Ich habe diesen Punkt nie berührt, aber ich werde es immer weiter versuchen.«

Er wird seine Zigarette anzünden und nachdenken. Dann wird er eine Hand nach mir auf meinem ausrangierten 737er Sitz ausstrecken, mich an einer Schulter packen, mir seine andere Hand auf den Kopf legen und mich damit schockieren, daß er mit einem starken Ruck scheinbar meinen Geist durch meine Schädeldecke hindurch aus meinem Körper zerrt.

Dann wird er einen Blick auf meinen Körper werfen und sagen: »Da hast du's. Hier hast du dieses Ding aus Fleisch – deine *Leiche* – und hier hast du ...«, woraufhin er meinen imaginären Geist anblickt, der an den Fingern seiner anderen Hand herunterhängt, »*Dich*«.

Ich werde mich schwindelig fühlen. Werde das Gefühl haben, als hätte mich Todd inzweigeschnitten.

»Was bist *du*, Scout? Was ist dieses *Du* in *dir*? Was ist das Verbindungsstück? Wo beginnst und endest *du*? Ist dieses *Du*-Ding ein unsichtbarer Seidenfaden, gesponnen aus deinen Erinnerungen? Ist es ein Geist? Ist es elektrisch? Was genau *ist* es?«

Wie ein Pantomime wird er meinen Geist behutsam zurück in meinen Körper verfrachten, und ich werde froh sein darüber.

Er wird mir den Kopf tätscheln. »Schwitz es nicht aus, Mann. Du bist wieder voll und ganz da. Nichts hat sich verflüchtigt.«

Wir werden dasitzen und eine Weile der Stille lauschen. Dann wird Todd weitersprechen. Er wird sagen: »Oh, ich weiß, ihr denkt alle, mein Leben ist ein einziger Witz, denkt, daß es zu nichts führt. Aber ich bin glücklich. Und ich bin auch nicht verloren oder so was. Wir alle sind viel zu sehr verdammte Mittelklasse, als daß wir je verloren sein könnten. Verloren sein bedeutet, daß du anfangs einen Glauben oder so was gehabt hast, und die Mittelklasse hatte nie was in der Art. Also können wir nie verloren sein. Und jetzt sag du *mir*, Scout – was werden wir dann letzten Endes sein, was genau *ist* das, wo wir schließlich enden – anstatt verloren zu sein.

Und schließlich: Kristy. Ich arbeite mit ihr jeden Tag in der Software-Firma – einer glänzend smaragdgrünen Schachtel draußen in einem Industriegelände in den Delta-Niederungen von Richmond am Highway 99. Sie ist im Marketing, ich im Verkauf tätig, insofern funktioniert unser »Austausch« sowohl auf geschäftlichem als auch persönlichem Niveau, wenn wir uns bei den Hauptversammlungen quer durch den Raum durch komplexe Körpersprache und unterdrücktes Gekicher witzelnd miteinander verständigen. Wir kaspern herum, so oft wir können.

Zur Zeit ist Kristy gerade in Bryce, den Firmenbesitzer, verknallt. Das geht nun schon seit mindestens einem halben Jahr. Und obwohl die Firma ein einziger riesiger Tratschhaufen ist, weiß niemand davon außer mir. Die Sache mit Kristy ist die, daß sie nur von Männern angetan ist, von denen sie glaubt, sie seien klüger als sie selbst –

eine Tatsache, die Todd, Dana, Mark und mich bereits vor langer Zeit ausschloß. Eine Tatsache, die die meisten Kerle ausschließt. Bryce ist ein Software-Schlaumeier, also nehme ich an, das stellt ihn auf eine höhere Ebene.

»Und außerdem ist er verheiratet«, wird Kristy bei einem Gin-Tonic zur Mittagszeit im hiesigen Sportclub hinzufügen, ein von Limonenduft, Frotteehandtüchern und stark in der Werbung angepriesenen Duftwässern für Männer überschwemmter Schauplatz. »Das macht ihn doppelt so attraktiv.« Kristy, das sollte man vielleicht erwähnen, setzt Ehe mit Intelligenz gleich, obwohl sie selbst sich nur schwer mit Schleier vorstellen kann.

Eine von Kristys größten Sorgen ist, daß sie ihrem Schema, nur das Unerreichbare zu begehren, auch weiterhin anhängen wird und eines Tages, nun ja, gemäß ihrer eigenen Worte: ». . . meine Fähigkeit, mich wirklich zu verlieben, irgendwie verkümmern wird, und ich dann meine Liebesfähigkeit durch Sentimentalität ersetzen werde – du weißt schon: Lätzchen für die Kinder meiner Schwester stricken; beim Anblick von Hundewelpen schluchzen; Weihnachten überbewerten und nur rot-grüne Kleider anziehen; die Autospiegel mit inspirierenden Aufklebern umrahmen. Sollte dies je geschehen, Scout, dann ruf bitte, *bitte* die Symbionesische Befreiungsarmee an und beauftrage sie, mich zu kidnappen.«

Kristy wird in dieser Geschichte jedenfalls noch eine Rolle spielen, also werde ich später auf sie zurückkommen. Aber im Augenblick halte ich es für das Beste, zu beschreiben, wie ich hier in dieses Zelt gelangte, in Anzug und Krawatte, mitten im Wald. Und dann sollte ich vielleicht ein bißchen von mir erzählen – etwas, was ich bislang vermieden habe.

Ein paar Fakten über mich: Ich denke, ich bin ein gebrochener Mensch. Ich stelle mir ernsthaft die Frage, welchen Weg mein Leben genommen hat, und führe mir endlos die Kompromisse vor Augen, die ich in meinem Leben eingegangen bin. Ich habe einen unsicheren und ziemlich beschissenen Job bei einem amoralischen Unternehmen, so daß ich mir keine Sorgen um Geld machen muß. Ich gebe mich mit halbherzigen Beziehungen zufrieden, damit ich mir keine Sorgen darum machen muß, einsam zu sein. Ich habe die Fähigkeit verloren, die reineren Gefühle meiner Jugend zurückzuholen, im Tausch gegen eine stromlinienförmige Engstirnigkeit, von der ich erwartet hatte, sie würde mich an »die Spitze« katapultieren. Daß ich nicht lache.

Es heißt, ohne Kompromisse ginge es nun mal nicht im Leben, und doch wird mir ganz schlecht, wenn ich zu akzeptieren versuche, was auf die Art mit mir geschehen ist – die kleinen gelben Pillen, der verlorene Schlaf. Aber ich glaube nicht, daß dies irgendwas Neues ist auf der Welt.

Damit will ich nicht etwa sagen, mein Leben sei schlecht. Ich weiß, das ist es nicht ..., aber es ist nicht das, was ich mir erhoffte, als ich jünger war. Vielleicht kommst du selber besser damit zurande. Vielleicht hattest du das Glück, daß dich niemals innere Stimmen über deinen Weg befragt haben – oder vielleicht hast du auf ihre Fragen eine Antwort gefunden und bist auf die andere Seite gelangt. Ich habe in keinerlei Hinsicht Mitleid mit mir selbst. Ich komme kaum mit dem klar, von dem ich weiß, daß die Welt in Wirklichkeit so ist.

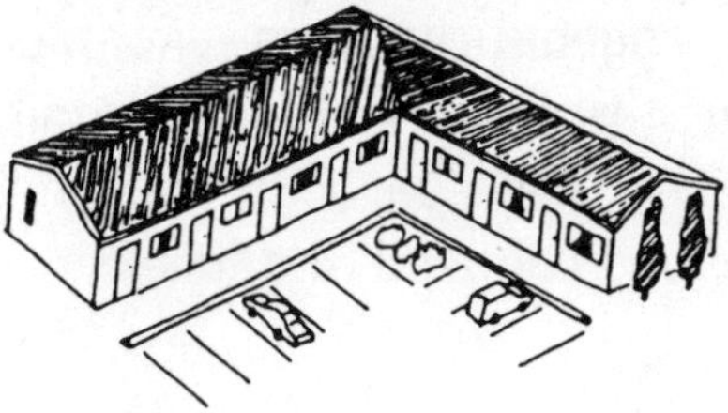

Andere Gedanken: Manchmal frage ich mich, ob es wohl zu spät dafür ist, dieselben Dinge zu empfinden, die andere Menschen zu empfinden scheinen. Manchmal möchte ich auf Leute zugehen und zu ihnen sagen: »Was ist es, was du fühlst und ich nicht? *Bitte* – das ist alles, was ich wissen will.«

Vielleicht glaubst du, daß ich mich einfach bloß verlieben sollte und möglicherweise einfach noch nicht dem richtigen Menschen begegnet bin. Oder vielleicht habe ich mir auch nie wirklich Gedanken darüber gemacht, was genau ich eigentlich mit dem Leben anfangen wollte, während die Uhr tickte, die Zeit lief. Wie auch immer.

Wie die meisten Leute hatte ich Tiefpunkte; in Motelzimmern – dicht neben nackten Körpern in Städten, an die ich mich nicht mehr erinnere – auf das Telefon blickend, ohne jemanden zu haben, den ich anrufen konnte. Und ich war auch nach ein paar Dingen süchtig und verlor Monate und Jahre damit, aber ich denke, ich bin mit noch intakten Gehirnzellen davongekommen. Und was spielt das überhaupt für eine Rolle?

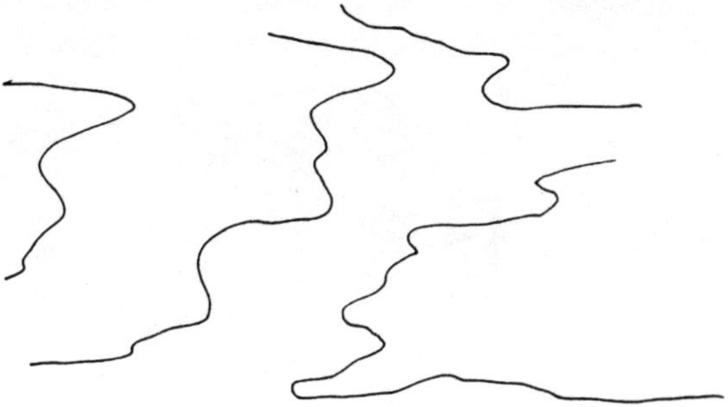

Manchmal möchte ich mich schlafen legen und mit der dunstigen Welt der Träume verschmelzen und nicht mehr in diese unsere wirkliche Welt zurückkehren. Manchmal blicke ich auf mein Leben zurück und bin überrascht, wie wenig nette Dinge ich getan habe. Manchmal habe ich einfach das Gefühl, daß es noch einen anderen Weg gibt, den man beschreiten kann – fort von diesem Menschen, zu dem ich wurde, entweder gegen meinen Willen oder weil ich etwas versäumt habe.

Doch dann denke ich an folgendes: Während der Mahlzeiten in unserer Familie sprachen Mama und Papa gelegentlich darüber, wie sie einander kennenlernten – darüber, wie Mama eines Tages nicht ihren gewohnten Weg zur Bücherei nahm und Papa sah, und sie lächelten einander an und machten erste Bekanntschaft miteinander. Eine entzückende Geschichte, die zu hören wir niemals müde wurden und bei der wir die sich stets wiederholenden Details ihres Schöpfungsmythos auskosteten: das Kleid, das sie anhatte, die Bücher, die sie unterm Arm trug, ihre erste Limonade. Die Geschichte wurde stets damit beendet, daß mein Vater sagte: »Stellt euch bloß vor, Kinder, wenn eure Mutter ihren gewohnten Weg zur Bücherei gegangen wäre, keiner von euch würde heute hier sitzen!«

Ich habe über die Behauptung meines Vaters des öfteren nachgedacht, und seine Vorstellung erscheint absurd. Ich weiß in meinem tiefsten Inneren, daß ich es auf jeden Fall bis hierher geschafft hätte – irgendwie. Ich habe das komische Gefühl, daß ich die Erde um keinen Preis versäumt hätte. Insofern muß *irgend*was für mich dabei herausspringen.

Wie ich in diesem Zelt an der dunklen und regnerischen Westküste von Vancouver Island landete, erklärt sich jedenfalls so: Vergangene Woche machte ich zusammen mit zwei anderen Typen aus der Firma, namens Cameron und Shiraz, eine Geschäftsreise nach New York. Zu der Zeit nahm ich noch die kleinen gelben Pillen.

Es war keine sonderlich glamouröse Reise – keine Cocktails mit Angie Dickinson rittlings auf den Adlern des Chrysler Buildings oder so was in der Art –, eher endlose Zusammenkünfte und Ängste; hierarchiesüchtige heimtückische Ratten und Essen mit betrunkenen Firmenvertretern. Es gab ein hysteriegeladenes Motivierungs-Seminar und zwischen alledem hastete ich mit Cameron fluchtartig zu den Porno-Spelunken der Eighth Avenue. Der Reiseveranstalter der Firma hatte die winzigsten und billigsten Hotelzimmer in Manhattan ausfindig gemacht, die zudem nach Kellermief rochen. Das nicht enden wollende Verkehrsgegrummel unten brachte mich um das letzte bißchen Schlaf, dessen ich habhaft werden konnte. Das Leben eines Vertreters.

Zudem war es der Januar der Amtseinführung des Präsidenten; man befaßte sich an dem Wochenende in den Nachrichten viel mit den Zeremonien, die am darauffolgenden Mittwoch unten in Washington stattfinden sollten, und aus irgendeinem Grund hatte ich diesen Nachrichten mehr Aufmerksamkeit geschenkt, als ich vielleicht unter anderen Umständen getan hätte. Ich halte mich nicht für besonders politisch; für uns Kanadier hat amerikanische Politik nur wenig Reiz. Und doch lag ich da in den muffigen Bettlaken meines Hotelzimmers, sah mir zig Wiederholungen der CNN-Nachrichten an, während unten auf der Straße Sirenen aufheulten, und machte mir Gedanken über den Machtwechsel, zu dem es in der südlicher gelegenen Stadt kommen sollte.

Ich überlegte, wie wohl die Zeremonie aussehen würde – es war, als versuchte ich mir eine Krönung vorzustellen, wie wenn der alte König gestorben wäre – lang lebe der neue König. Ich fragte mich, ob es wohl Herolde geben würde, die ihre Fanfare hoch erhoben, eine Menschenmenge – ob die Welt im Verlauf des Geschehens wieder erneuert würde. Das alles dachte und empfand ich durch den Nebel der gelben Pillen meines Doktors hindurch. Ich hatte das Gefühl, daß die Amtseinführung mir etwas Wichtiges klarmachen wollte, da sie durch den Nebel hindurchdrang.

Mein Zeitplan sah vor, daß ich mir Dienstagmorgen ein Taxi zum LaGuardia-Flughafen schnappte, um wieder zurück nach Vancouver zu fliegen. Doch statt dessen überraschte ich sogar mich selbst und spazierte die zehn Häuserblocks zum Amtrak-Schalter der Penn Station, kaufte mir Fahrkarten und sprang auf den Metroliner nach Washington, D.C. Ich hielt mir vor Augen, daß dies die einzige Chance in meinem Leben sein würde, ein Schauspiel wie die Amtseinführung zu erleben; ich glaube nicht, daß ich dabei an irgend etwas darüber hinaus dachte.

Vom Zugtelefon aus rief ich einen alten Schulkameraden meines Bruders namens Allan an, der bei der World Bank arbeitet – ein Einzelgänger, dessen alter UBC-Schlafraum ein Museum voller »Raumschiff-Enterprise«-Brimborium gewesen war. Allan sagte, er würde sich über meinen Besuch freuen, und hatte zu meiner Überraschung sogar Freunde an dem Abend eingeladen. Allan schlug mir vor, auf dem Boden seines Wohnzimmers mein Nachtlager aufzuschlagen, wenn ich wollte, und mir wurde klar, daß ich nicht einmal daran gedacht hatte, was ich getan hätte, wenn er mir dies nicht angeboten hätte.

Ich kam an. Allan wohnte in einem Apartment im dritten Stock auf dem Capitol Hill hinter dem Capitol, und sein »Raumschiff-Enterprise«-Tick von früher hatte sich lediglich an die neueren »Enterprise«-Generationen angepaßt. Allans Freunde kamen gegen halb acht und entpuppten sich als eine Dungeons-&-Dragons-Spiel-Kohorte. Den ganzen Abend über diskutierten sie über Totenschädel und Niveaux und Könige und Zaubersprüche und Banne und Schwerter und Teufel. Die »Getränke« bestanden aus Leitungswasser, Jell-O-Pulver und Gin.

Ich muß zugeben, daß der Abend sehr nett war – ich war ein Fremder in einer fremden Stadt unter freundlichen Leuten. Es war, als existierte mein früheres Leben nicht mehr – jenes andere Leben, demgemäß ich theoretisch in einem Flieger acht Meilen über Idaho zu sitzen hatte, in Richtung Vancouver und zurück in das Leben, in dem ich meine Fähigkeit zu verstehen allmählich verlor.

Mir war, als lebte ich das Leben eines Fremden. Ich fing an, mich wie ein Mensch innerhalb einer Geschichte zu fühlen, zum ersten Mal seit Jahren. Ich wollte in der Nacht fast gar nicht schlafen, denn ich wollte nicht, daß dieses Gefühl verschwand. Ich fühlte mich in der Tat so anders, daß ich zum ersten Mal seit Monaten an dem Abend beschloß, meine kleinen gelben Pillen nicht zu nehmen.

Ich schlief tief und fest – und die ganze Nacht hindurch verringerte sich in meinem Blut die Konzentration der kleinen gelben Pillen, Milligramm für Milligramm, wie zerfallendes Uranium.

Am nächsten Morgen, am Morgen der Amtseinführung, saß ich auf Allans wackeligem Holzfußboden, und die Sonne schien durch das Fenster herein auf eine Siamkatze, die ich auf meinem Schoß hielt. Die Sonne fing die Staubkörnchen aus ihrem Fell auf, während ich ihr die Brust kraulte. Allan und ich sahen uns auf CNN die Vereidigungszeremonie an. Die Katze sprang von meinem Schoß, krümmte den Buckel, lehnte sich dann gegen den Fenstersims und blickte durch das Fenster hindurch in den Tag hinaus.

Die Straßen draußen vor dem Fenster in unserem Teil der Stadt waren ruhig, während noch am Nachmittag zuvor ein strebsam übender Schulchor aus Illinois, Satelliten-Kopplungs-Ü-Wagen, Männer vom Geheimdienst sowie Jogger und bellende Hunde durcheinandergeschwirrt waren. Jetzt spielte sich alles auf der anderen Seite des Capitols ab.

Nachdem die Vereidigungszeremonie auf CNN zu Ende war, gingen wir hinunter auf die Straße, um zu schauen, ob wir noch den Hubschrauber des alten Präsidenten, der vom Capitol wegflog, zu sehen bekamen – und wir sahen ihn. Andere Leute, die in der Straße wohnten, taten dasselbe, und wir alle standen da unter der milden Januarsonne auf der Straße ohne Autos und sahen zu, wie der Hubschrauber aufstieg, eine Zeitlang in der Luft schwebte und dann davonflog, ähnlich wie ein Science-Fiction-Monster. Als ich zurück ins Apartment ging, warf ich einen Blick in die Vorgärten der Häuser; der Frost hatte in diesem Jahr nicht viel Schaden angerichtet, und aus dem Boden der Stadt heraus sprossen Narzissen und Schneeglöckchen und Löwenzahn.

Ich zog mir dann Hemd und Krawatte an und ging hinunter zur Pennsylvania Avenue, wo die Bürger in Zehnerreihen standen und auf die Parade warteten. Es war Pulli-Wetter, und die Leute waren bester Laune. Junkies mit der Gesichtsfarbe von Vanille-Milch-Shakes trugen ihre besten Baseballmützen; geblümt aufgetakelte Mary-Kay-Tunten aßen die von Straßenverkäufern angebotenen Bagels. Das Volk aus der Vorstadt, das sich in die Stadt gewagt hatte, steckte in Daunenwesten und Skijacken; einige von den Älteren trugen Tweedmäntel und flotte Hüte. Überall war zu spüren, daß der heutige Tag nicht wie alle anderen sein sollte; man hatte das Gefühl, daß nur für einen Tag die Stadt jedem offenstand und frei von jeder Gefahr war. Und das Gebrüll, das sie veranstalteten! Der Lärm! Das Geklatsche, der Jubel! Es war so laut, es war von ohrenbetäubender Schönheit.

Ich zwängte mich in die Menschenmenge vor der kanadischen Botschaft, 501 Pennsylvania Avenue, gerade als die Parade begann. Überall lauerten Männer vom Geheimdienst, als der große Moment kam, in dem der Präsident an uns vorüberfuhr. Als das geschah, hoben die Jungs des Uni-Basketball-Teams aus Rockville, Maryland, eine alte Frau in ihrem Rollstuhl hoch in die Luft, damit sie ihn sehen konnte, und das Klatschen wurde ekstatisch. Nachdem der Präsident vorüber war, marschierte ein Pfeiferzug auf, und die Musik trieb mir das Wasser in die Augen. Mir fiel ein, daß irgendwo Krieg herrschte, und die Musik war wie eine Mahnung an Schönheit, die oftmals mit Zerstörung einhergeht.

Und dann ging mir plötzlich auf, daß ich fühlte – daß ich tatsächlich etwas *fühlte*. Meine alte Persönlichkeit kehrte nach Monaten voller Pillen und angenehmem Nichtseins langsam wieder zurück. Nur ein winzig kleines bißchen – denn ich hatte erst am Vortag aufgehört, meine kleinen gelben Pillen zu schlucken –, aber mein Wesen behauptete sich bereits, wenn auch noch recht schwach. Ich spürte einen Klumpen im Hals und verbrachte den Rest des Tages damit, in dieser fremden, schönen Stadt umherzuspazieren und mir ins Gedächtnis zu rufen, was für ein Gefühl es gewesen war, ich selbst zu sein, bevor ich mich ausschaltete, bevor ich aufhörte, auf meine inneren Stimmen zu hören.

Dieser Prozeß zog sich bis in die Nacht. Abends aß ich etwas in einem Burger King. Allan schlief längst, als ich erschöpft hereinschlurfte. Und während des ganzen Heimfluges am nächsten Tag tröpfelte immer mehr von meinem Ich zurück in das Gefäß meines Körpers, Tropfen für Tropfen, während das Flugzeug über Idaho hinwegflog und zurück nach Hause, nach meiner kurzen Episode in der so völlig andersartigen Welt des Ostens.

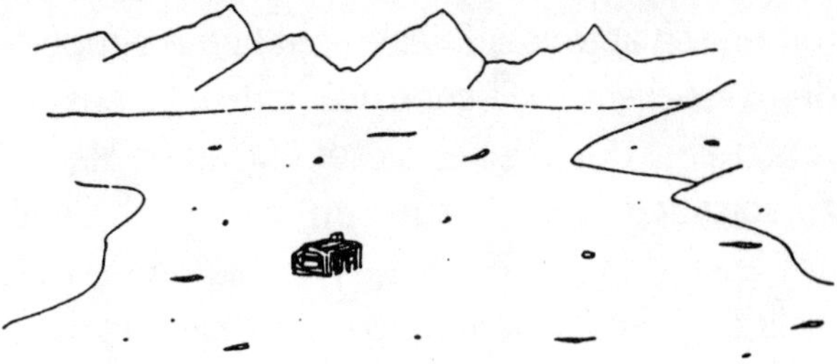

Am nächsten Abend war ich um halb zehn zurück in Vancouver, in meiner Wohnung in Kitsilano, einem malerischen, hügeligen Viertel mit Blick über den Ozean wie aus einem Jeep-verstopften Werbespot für Bier. Ich trat ein, meldete mich krank im Büro, zog den Telefonstecker heraus, ließ die Jalousien herunter, verschloß die Türen und ging zu Bett. Die nächste Woche über tauchte ich nur auf, um in dem Hippie-Lebensmittelladen an der Ecke Tofu, Gemüse, Loganbeersaft und Sojamilch zu kaufen.

Erinnerungen gingen mir in der Woche durch den Kopf, Erinnerungen an Fotos, die ich einmal gesehen hatte, von Häusern, die während der großen Wasserkraftwerksprojekte im nördlichen British Columbia in den 60er Jahren überflutet wurden. Jahrzehnte später, als der Wasserstand sank, erschienen diese Geisterhäuser wieder inmitten schlammiger Ebenen mit herumzappelnden, erstickenden Fischen. Ich hatte jetzt das Gefühl, selbst durch eines dieser seltsamen Häuser zu spazieren, *mein* Haus nun, wobei ich Bilder auf das graugewordene, verschlammte Holz stellte, dicke Perserteppiche auf den Parkettfußboden legte, die verzogenen Wände mit leuchtenden Farben bemalte – und in dem Kamin, der so lange auf dem Grund des Sees geruht hatte, wieder ein Feuer entfachte.

Ich hatte niemals erwartet, dieser seltsame Mensch zu werden, der ich geworden war, war aber fest entschlossen, herauszufinden, wer dieser Mensch war.

Und so saß ich eine Woche lang eingebunkert, kam von den Pillen los und dachte und träumte allein für mich – wie wir das alle tun, nehme ich an.

Erst heute Morgen, Mittwochmorgen – eine Woche nach der Amtseinführung –, fuhr ich hinunter zu meinem alten Büro, hinunter zum Industriepark in Richmond am Highway 99, hielt zunächst am Lansdowne-Einkaufszentrum, um mir ein paar Doughnuts zu kaufen, deren zuckerstrotzende Künstlichkeit ich nach einer Woche Hippie-Nahrung genießerisch auskostete.

Doch ich kam nur bis zum Parkplatz meines Büros, hielt vor den schmucklosen aquamarinblauen Glaskästen und gefror in meinem Wagen, drei Parkspuren entfernt. Mir war schlecht im Magen, ich war außerstande auszusteigen. Ich war für den heutigen Arbeitstag gekleidet – hatte gedacht, ich hätte die Kraft dazu –, doch letzten Endes brachte ich es nicht über mich, aus dem Wagen zu steigen und das Gebäude zu betreten.

Nach einer halben Stunde oder so kam Kristy aus dem Haupteingang des Gebäudes mit zwei

Styroporbechern Kaffee in den Händen, stieg in den Wagen und nahm auf dem Beifahrersitz Platz. Sie fragte mich, was es an Neuigkeiten gebe, und ich entgegnete: »Oh, weißt du – das Leben, schätze ich.«

Und sie fragte: »Läßt du dir'n Bart wachsen?«

Ich erwiderte: »Äh, ja.«

Nach einer schuldbewußten Pause fragte sie: »Ähmmm, Scout, du hast doch nicht zufällig vor, uns elende Angestellte hier willkürlich aus dem Hinterhalt niederzustrecken, oder?«

Ich entgegnete: »Nein, nicht diese Woche.«

»Kein sinnloses Blutbad? Kein Gemetzel?«

»Tut mir leid.«

»Also dann, das ist wirklich 'ne Erleichterung.« Sie überprüfte ihr Make-up im Spiegel unter der Sonnenblende des Beifahrersitzes. »Alle haben durchs Fenster zu dir heruntergeschaut und sich gefragt, ob du wohl eine Uzi im Kofferraum verborgen hast. Du fühlst dich nicht mehr krank?«

»Nicht mehr ganz so.«

»Gut.«

Wir saßen da, tranken den Kaffee und sahen zu dem Gebäude hinüber. Das Glas war verspiegelt, so daß wir nicht ins Innere, dafür aber die sich reflektierenden Wolken sehen konnten: Autoskooterwolken – diese flauschigen Dinger, in denen du leicht die Umrisse von Tieren ausmachen kannst.

Ich fragte Kristy, was es im Büro Neues gebe, und sie sagte, daß R & D ein Projekt für ein Memory System namens »Flavor Crystals« herausbrachte, in dem die Erinnerung in »Knospen, wie in einem Geschmackskonzentrat oder so was gespeichert werden soll. Ich bin mir nicht so sicher, ob ich es verstanden habe.«

Ich schwieg, und unser Nippen an den Styroporbechern mit Kaffee war deprimierend. Kristy sagte dann: »Weißt du, Scout, ich denke, es ist Zeit für eine unserer Therapie-Kreuzfahrten. Meinst du nicht?«

Ich stimmte zu. Ich startete den Wagen, fuhr rückwärts vom Parkplatz und dann in Richtung Fluß hinaus durch die landwirtschaftlich genutzten Ebenen.

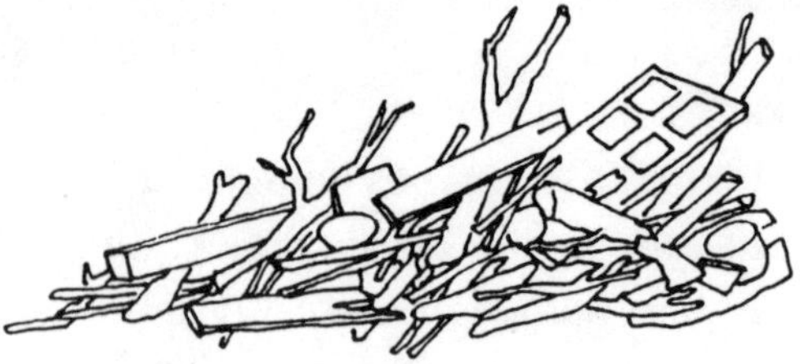

Wir hielten beide unsere heißen Getränke, während wir bei vorgeschriebener Höchstgeschwindigkeit hinaus auf die trostlosen Heidelbeer- und Erdbeerpflanzungen des Januars sowie die zusammenfallenden alten Scheunen blickten. Es tat gut, sich zu bewegen. Es tat gut, in der Nähe des Büros zu sein. Es tat gut, mit Kristy zusammen zu sein.

Es war gerade Ebbe, und wir hielten an, um uns nach Treibgut umzusehen. Wir waren an der Stelle, wo der Fraser River in den Ozean fließt und der Fluß salzig wird. Da lagen Stöcke und Plastikteile und alte Baumstämme und alte Sperrholzreste und Teile von zerbrochenen Booten und Holztüren. Diese Trümmerhaufen stapelten sich, so weit das Auge reichte.

Ich schätze, die Scheunen und dieses alte Strandgut brachten Kristy dazu, ans Altern zu denken. Sie fragte: »Liegt es nur an mir, oder ist die Zeit auch für dich ganz seltsam geworden?«

»Wie meinst du das?« Ich stocherte gerade mit einem Stock an einem alten Fensterrahmen herum.

»Ich meine, empfindest du einen Tag noch als Tag oder *zischt* er einfach nur an dir vorüber? Rast die Zeit auch für dich viel zu schnell dahin?«

»Ich glaube schon. Ich glaube, das liegt am Geist der Zeit. All diese Maschinen, die wir heute haben. Anrufbeantworter und Videorekorder. Die Zeit fällt in sich zusammen.«

»Ich hatte mir immer vorgestellt, die Zeit sei wie ein Fluß«, sagte sie und hüpfte dabei von einem Baumstamm zum anderen, » sie fließe stets mit gleicher Geschwindigkeit, egal was geschieht. Aber jetzt denke ich, daß auch die Zeit Hochwasser hat. Oder daß sie einfach keine Konstante mehr ist. Ich habe das Gefühl, im Hochwasser zu stehen.«

Ich sagte, daß Zeit an Emotionen gekoppelt sei. »Vielleicht empfindet der Mensch eine Zeitspanne als um so länger, je mehr Emotionen er im Alltagsleben hat. Wenn du älter wirst, erlebst du weniger Neues, und die Zeit scheint schneller zu vergehen.«

»Gott, wie deprimierend«, sagte Kristy.

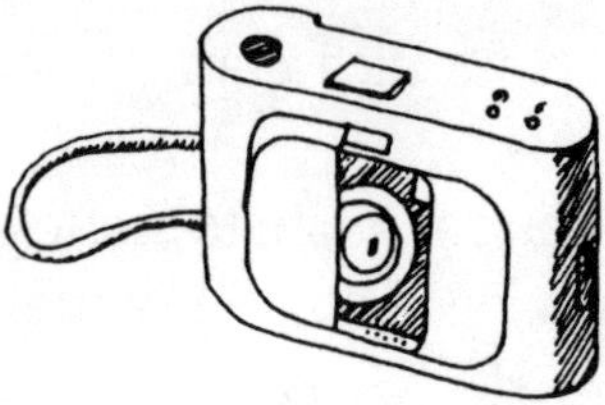

Wir spazierten herumstochernd über das silbergraue Feld von Strandgut. Kristy fragte mich: »Scout, kommt dir jemals der Gedanke, du könntest ein bißchen über die Liebe *hinaus* sein?«

»Ich?«

»Nein – ich meine *mich*. Ich frage mich, ob ich nicht auf dem besten Weg bin, ein Notnagel zu werden.«

Ich warf ein Stöckchen für einen imaginären Hund. »Das bezweifle ich. So wie ich das sehe, lauert die Liebe hinter jeder Ecke. Vielleicht bist du eine von den Frauen, die einem inhaftierten Serienmörder erliegen.«

»Danke.«

Es war eines dieser Gespräche, bei denen du die Landschaft anguckst und nicht den anderen. Ich sagte: »Ja, ich mache mir *tatsächlich* Gedanken darüber, ob ich über die Liebe hinaus bin – oder ob die Fähigkeit dazu überhaupt jemals vorhanden war.«

»Ich bin heute morgen sehr früh aufgewacht«, sagte Kristy, »und dachte so für mich: So, Mädchen – *das* ist es also? Noch vierzig Jahre weiter *so*? Irgend etwas muß sich ändern, Mädchen. Irgendwas muß sich ändern. – Und es ist wahr. Irgendwas muß sich ändern. Ich brauche etwas. Oder vielleicht muß ich irgend etwas wegwerfen. Aber irgendwas muß sich jetzt ändern. Ich kann so nicht mehr weitermachen.«

»Bist du nicht mehr in Bryce verliebt?« fragte ich.

»So weit ist's noch nicht. Aber er wird wohl ziemlich bald kommen, dieser gewisse Moment, in dem Der Andere sich in einen schmierigen Fremden verwandelt und ich es nicht fassen kann, was für eine Niete ich bin, ihm überhaupt auf den Leim gegangen zu sein.«

»Mensch, das sind ja optimistische Perspektiven.«

»Aber es ist wahr. Je älter ich werde, desto weniger bin ich gewillt, eine Beziehung aufrechtzuerhalten, von der ich von Anfang an weiß, daß sie nicht funktionieren wird – was für 'ne Art herzloses altes Weib bin ich bloß?«

»Ein effizientes altes Weib?« wagte ich mich vor.

Wir setzten unseren Weg fort, dann – ein Geständnis von Kristy: »Meine große Angst ist, zu heiraten und plötzlich nicht mehr zu lieben.«

»Große Überraschung, Kris. Das ist *jeder*manns große Angst. Jedermanns. Aber die meisten Leute setzen sich darüber hinweg.« Ich war erstaunt, daß Kristy mir eine Angst eingestand, die aus ihrem Munde geradezu naiv anmutete.

Wir spazierten weiter und sahen den Vögeln zu, die in dem Holz herumstocherten, genau wie wir es taten. Kristy fragte: »Machst du dir keine Gedanken darüber, dein Leben lang einfach nur so *herumzuwursteln*?«

»Klar.«

»Und wie gehst du damit um?«

»Bis vor kurzem, glaube ich, bin ich damit *überhaupt* nicht umgegangen.«

Es entstand eine Pause, dann wandte Kristy sich mir lächelnd zu. »Du warst letzte Woche gar nicht krank, *oder*, Scout?«

»Physisch gesehen, nicht.«

»Wo bist du gewesen?«

»Zu Hause. Habe einfach nachgedacht.«

»Deine Flinten geputzt? Verschwörungstheorien in dich hineingebrummelt?«

»Nein. Einfach nachgedacht. Weißt du, nach New York bin ich nach Washington gefahren. Um die Amtseinführung zu sehen.«

»Irgendwelche berühmten Leute erspäht?«

»Nein.«

»Den Präsidenten kennengelernt?«

»Nein.«

»Warum bist du dann hingefahren?«

»Weiß ich nicht so genau. Aber es gab da etwas, was ich unbedingt sehen mußte – das deutliche Hervortreten einer Person oder einer Sache, größer als ein menschliches Wesen.«

»Und ...?«

»Und ... Ich kam nach Hause und bunkerte mich eine Woche lang ein – und *dachte nach*.«

Ich wußte, daß Kristy ums Verrecken gern wissen wollte, zu welchem Schluß ich gekommen war, aber ich muß zu meiner Schande gestehen, daß es mir zu peinlich war. Statt dessen wechselte ich das Thema. »Habe ich dir je von der Zeit im letzten Jahr erzählt, die ich mit Mark mit Rollerbladelaufen in Stanley Park verbrachte?«

»Nein.«

»Es war da eine Gruppe Blinder mit weißen Blindenstöcken und allem – auf 'ner Tour vom Canadian National Institute for the Blind oder so was ähnlichem –, und sie hörten uns kommen und machten uns Zeichen, stehenzubleiben, was wir auch taten. Dann drückten sie Mark eine Kamera in die Hand und baten ihn, er solle ein Bild von ihnen machen.«

»Blinde?«

»Genau. Aber das Seltsame dabei war, daß sie immer noch ans Sehen glaubten. An Bilder. Und ich finde, das ist keine schlechte Haltung.«

Es war schön, mit Kristy zusammenzusein, einfach so umherzustreunen. Es erinnerte mich an die alten Tage, als wir fötusähnlich in den Pools trieben. Ich erzählte ihr eine meiner Lieblingsphantasien: ein Jahr lang im Koma liegen und wieder aufwachen und den Neuigkeitenrückstand eines ganzen Jahres aufholen.

»Ich auch!« schrie sie. »Zweiundfünfzig vollständige Ausgaben von ›People‹ nachholen – das wäre wie *Heroin* – eine Überdosis an Information.«

Wir stiegen wieder ins Auto, und Kristy war in Gedanken immer noch bei ihren ›People‹-Zeitschriften. Sie fragte mich: »Hast du dir jemals Gedanken darüber gemacht, an wen sich die Menschen wohl in tausend Jahren erinnern werden – und, na ja, glaubst du, daß sie es auch *richtig* begreifen werden? Ich meine so was wie: ›Es lebte einmal diese tolle Madonna, und die war so wahnsinnig toll, daß sie im 500. Stock des Empire State Buildings wohnte und jeden Tag 1000 Pepsis trank.‹ So ähnlichen Quatsch.«

Ich erwiderte, wir würden uns wahrscheinlich an Einstein und Marilyn Monroe erinnern, an niemanden sonst. Und dann änderte ich meine Meinung. Ich sagte: »Weißt du, woran sich die Menschen wahrscheinlich erinnern werden, wenn sie in tausend Jahren an diese Zeit zurückdenken? Sie werden sie mit Ehrfurcht und Staunen betrachten. Sie werden an Stacey denken – oder an jemanden wie Stacey –, die mit im Wind flatterndem Haar in ihrem Cabrio die Straße hinunterfährt. Sie trägt einen Bikini und schluckt eine Anti-Baby-Pille, ist unterwegs, um ein Grundstück zu kaufen. *Das*, nehme ich an, werden die Leute von dieser Zeit in Erinnerung behalten. Die Freiheit. Daß es einen wunderschönen Traum von Freiheit gab, der das Leben, das wir führten, antrieb.«

»Es scheint unmöglich, sich tausend Jahre vorzustellen«, sagte Kristy. »Ich glaube, die Zeit eines Lebens ist alles, was Menschen sich vorzustellen imstande sind.«

»Du hast wahrscheinlich recht. Ich glaube, uns Menschen werden nur ganz bestimmte Sichtweisen auf die Zeit gewährt. Und die sind womöglich nicht einmal korrekt. Zeit ist wahrscheinlich etwas anderes, insgesamt, meine ich. Also würde ich deswegen nicht in Panik ausbrechen.«

»Du hast dich wirklich eine Woche lang eingebunkert, was?«

»Wir sollten dich wohl langsam wieder zurück ins Reich des Bösen fahren«, erwiderte ich.

Minuten später standen wir wieder auf dem Parkplatz. Kristy stellte ihren mit Fingernageleinritzungen und Lippenstifträndern verunstalteten Styroporbecher auf das Armaturenbrett. »Ich nehme an, du kommst nicht mit rein«, sagte sie.

»Nein. Wahrscheinlich nicht«, erwiderte ich.

»Irgendeinen besonderen Grund?«

»Das verrückte Einbunkern, weißt du. Es zeigt dir das Leben in einem anderen Licht.«

»Kann ich bald mal zu dir rüberkommen und dich besuchen?«

»Jederzeit.«

Bryces Porsche hielt auf dem Parkplatz. Kristy schaute zu ihm hinüber. »Ich schätze, ich gehe jetzt besser.« Sie küßte mich auf den Mund. »Weißt du was, ich glaube, ich fange langsam an, dich für klüger als mich zu halten.«

»Wir sprechen uns bald.«

Sie hüpfte zurück ins Büro.

Aber der Wald – der Wald ... *wie* war ich nun schließlich in diesem regendurchnäßten Zelt mitten im Nichts gelandet?

Einen Teil der Geschichte habe ich dir erzählt. Aber da ist noch ein kleines bißchen mehr. Und das war so: Jahrzehnte zuvor hatte mein Vater meine Brüder und Schwestern und mich zum Fischen ins nördliche British Columbia mitgenommen. Damals, als wir alle noch Kind genug waren, daß unsere täglichen Erfahrungen sich aus Träumen in Erinnerungen verwandelten – Erinnerungen fürs Leben.

Ich fürchtete diese Ausflüge und betrachtete sie, wie dies die Jüngsten in einer kinderreichen Familie oft tun, nur als eine andere Art und Weise, die meinen älteren Geschwister Gelegenheit bot, schöpferisch neue Formen, mich zu quälen, auszuprobieren.

Ich muß wohl nicht betonen, daß meine Geschwister diese Fahrten tief hinein in die Welten des Nichts liebten – weit weg vom Komfort des Fernsehers, der Einkaufszentren und warmem Essens. British Columbia war vor relativ kurzer Zeit, in den 60er Jahren, noch weitaus primitiver.

Heute, Jahrzehnte später, sind die Quälereien, worin immer sie bestanden, längst vergessen. Zurückgeblieben in meinem Kopf sind dagegen die Erinnerungen an die Landschaften, in die unsere Familie Einzug hielt: die schroffen Berge, die reißenden Flüsse, die Reinheit des Ganzen. Zurückgeblieben ist mir auch mein untrüglicher Sinn dafür, daß die unentdeckte Welt tatsächlich größer ist als die Welt, die wir zu kennen meinen.

Als ich also nach Kitsilano zurückkam, meine muffige Wohnung sah und den brummenden Verkehr draußen hörte, waren es die Erinnerungen an diese Landschaften, die mich zu dem Entschluß brachten, mich weiter in mich zurückzuziehen und in die Wildnis aufzubrechen.

Solange es eine Wildnis gibt, weiß ich, daß es einen größeren Teil meiner selbst gibt, den ich jederzeit aufsuchen kann; weite Gebiete, die still ruhen, nach Erforschung verlangen und Unberührtheit bieten.

Und *so* kam es, daß ich mich heute abend hier im Wald wiederfinde, in diesem regennassen Zelt;

aus einem Impuls heraus, einem rein verrückten Impuls heraus, verbunden mit, angesichts meines gegenwärtigen Mangels an Komfort, schlechter Planung. Aber das ist in Ordnung.

Und so verließ ich die Stadt: Ich wühlte mich durch den Einbauschrank im Flur und durch die Küche und stopfte Sachen in meine alte Sporttasche: Trainingsanzüge, Baseballmützen, eine Schachtel Ritz Cracker, Wanderstiefel, eine Taschenlampe ... Ich warf die Tasche auf den Rücksitz meines alten Volvos, zusammen mit meinem alten Pfadfinderzelt, und fuhr einfach los, hinüber zur Vancouver-Island-Fähre an der Horseshoe Bay drüben in West-Vancouver.

Mein alter Wagen rumpelte durch die Innenstadt, über Abfahrten, ineinander verschlungen wie Proteine, durch eine fischig riechende Brise hindurch, vorbei an Wolkenkratzern, dem CBC-Fernsehturm, Totempfählen und unter Jet-lag leidenden japanischen Touristen, die einsam und verlassen die Straßen durchwanderten. Dann weiter über die Lions Gate Bridge und Burrard Inlet, wo schlafende Stockenten in den kalten Wasserströmungen zwischen den schwarz-weißen Rückenflossen von Killerwalen dümpeln.

Die Fähre an der Horseshoe Bay wurde gerade beladen, und ich glitt direkt an Bord; und während der neunzig Minuten Überfahrt nach Vancouver Island sah ich zu, wie die vereinzelten Wölkchen am Himmel zu ernstem Regenwetter degenerierten.

Nachdem ich die scheppernde Anlegerampe der Fähre in Nanaimo hinter mir gelassen hatte, fuhr ich auf dem Trans-Canada Highway nach Süden, bog bei Duncan zum Pazifischen Ozean ab, in Richtung Lake Cowichan und der Papiermühlenstadt Youbou. Dort ging die Straße in eine unbefestigte Landstraße über, und die Schlaglöcher waren mit milchigem Regenwasser angefüllt. Eine geisterhafte Prozession ökologischer Aktivisten in gelbgrünen Regenmänteln marschierte die Straße entlang wie ein wandelndes Gewissen.

Ich fuhr zwei Stunden lang, ohne irgendwelche anderen Autos oder Holztransporter zu sehen, aber manchmal konnte ich hören, wie auf der anderen Seite des Berges Holztransporter den Gang wechselten; es klang wie das Gebrüll eines Dinosauriers. An den Straßenrändern lag der Holztransporter-Müll verstreut: Kaffeebecher, Patronen für die Schmierpistole, Schmutzlappen, Stahlkabel und leere Farbspraydosen. Kies zerkratzte den Unterboden meines Wagens, ich überquerte einen Fluß von schockierend flüssigem Smaragd, fuhr schnurstracks hinauf und hinein in die Berge mit ihrem Nebel.

Ich fuhr Holzfällerstraßen entlang, mit offenen Fenstern, durch die frische Winde und Regentropfen hineindrangen, sich schlängelnde kurvenreiche Straßen entlang, über Kahlschläge, durch uralte Regenwälder, Baumpflanzungen, die ganze Zeit über aufmerksam nach Unterspülungen und umgefallenen Baumstümpfen Ausschau haltend.

Ich fühlte mich wie ein alter Mann mit Alzheimer, der in seinen Wagen gestiegen war, um zum Krämerladen an der Ecke zu fahren, und dann vergessen hatte, was er eigentlich wollte, und Tagesreisen später Tausende von Kilometern entfernt aufgefunden wird.

Nach einer weiteren Stunde sah ich das Straßennummernschild einer Holzfirma: HADDON 1000. Diese magische Zahl war der einzige Anhaltspunkt, den ich brauchte, um zu wissen, daß ich dort war, wo ich sein wollte.

Ich folgte einer kurzen Straße bergabwärts, die in einer Sackgasse endete. Diese Sackgasse lag neben einem alten, noch nicht abgeholzten Regenwald. Wenn mir das Leben einst wie eine endlose Autofahrt erschienen war, so war mein Wagen jetzt endlich zum Stehen gekommen.

Folgendes ging mir durch den Kopf: Ich mußte daran denken, daß ein Embryo nicht weiß, wo auf der Erde und wann in der Geschichte er geboren wird. Er kommt einfach aus dem Bauch hervor und tritt in seine Welt ein. Die Landschaft, die ich vor mir sah, war die Welt, in die ich eingetreten war, die Welt, die aus mir das gemacht hat, was ich bin.

Und mit diesen Gedanken stieg ich aus dem Wagen.

Es war später Nachmittag, als ich den Kofferraum aufklappte und meine Sporttasche auslud. Ich nahm einen grünen Müllbeutel, der neben dem Ersatzreifen lag, riß ein Loch in den Boden und streifte ihn mir über meinen Anzug, wobei ich noch Löcher für meine Arme hineinbohrte. Ich zog meine Büroschuhe aus, schlüpfte in meine Wanderstiefel und stülpte mir einen kleinen schwarzen randlosen Hut über den Kopf. Dann stapfte ich mit meiner Sporttasche unter dem einen Arm, meinem Zelt unter dem anderen tief in den grünen Wald hinein, wobei jeder meiner Schritte von dem zottigen Moos gedämpft wurde.

Der Himmel war ohne jeden Lufthauch, ohne Motorengeräusche, ohne Flugzeuglärm. Sämtliche Oberflächen um mich herum strotzten vor Lebenskraft, vor Leberblümchen, Farnzungen und leuchtend grünem Heidekraut.

Ich sah mächtige Douglas-Fichten, die vor langer Zeit umgefallen waren – Wale an Biomasse, verfestigter Himmel –, Nährstoffe aus Tausenden von Jahren, eingesogen aus himmlischen Gefilden, jetzt Nahrungsgrundlage für Pilzkolonien und Reihen von Baby-Fichten, die zu ihren Seiten wuchsen. Ich versuchte, die Jahresringe eines Baumes zu zählen, gab aber ungefähr beim finsteren Mittelalter auf, noch ehe ich zum Römischen Reich oder der Geburt Jesus gelangte.

Das Unterholz war üppig und feucht. Krause Dendriten blaßgrünen Old-Man's-Beard-Mooses strichen mir über die Wangen. Ich spazierte tiefer und tiefer hinein in diesen Organismus, dieses Hirn, und hörte im Geiste von Menschen verursachten Lärm, wo ich doch wußte, daß es keinen geben konnte, aber es fiel mir schwer zu glauben, daß es wahre Stille gab.

Nach einer Stunde Weg in den Wald hinein warf ich mein Zelt ab unter einer riesigen Fichte mit Borke wie die rauhe dunkelgraue Haut eines Hais. Weiter unten floß ein Bach, plätscherte klar und frisch dahin. Und so schlug ich mein Zelt auf und kroch hinein, als der Himmel langsam dunkler wurde, und bereitete meine Geschichte vor, machte mich bereit, in die Welt der Bäume und ihren massiv- parallelen Schlaf einzutreten.

Und das ist meine Geschichte bis jetzt. Ich liege hier auf dem Bauch, schaue hinaus in die dunkle, nasse Welt, während ich die Decke enger um mich ziehe, eine Zigarette rauche und weiß, daß dies das Ende einer Seite meines Lebens ist, aber auch ein Beginn; der Beginn eines unbekannten Geheimnisses, das sich mir bald offenbaren wird. Alles, was mir zu tun bleibt, ist, zu fragen und zu beten.

Ich drücke meine Zigarette aus, mache die Laschen des Zelts zu und lege mich flach auf die Bodenplane über dem Erdboden. Ich schließe meine Augen und mache mich bereit zu schlafen, aber irgendwas unter mir drückt auf meine Wirbelsäule.

Ich strecke meinen Arm durch die Zeltlaschen hinaus in den Regen unter die Bodenplane und zupfe etwas Kleines hervor. Ich nehme es zu mir herein und befühle es; es ist ein Fichtenzapfen.

Ich rieche daran, er ist kalt und naß, und halte ihn an meine Wange. Dann strecke ich meinen Arm wieder aus dem Zelt und pflanze den Zapfen in den Boden, genau unter meiner Zeltplane.

Zeit ist, wie Bäume wachsen. Ich werde in einen tausendjährigen Schlaf sinken, und wenn ich aufwache, wird mich eine mächtige Fichte ganz hoch hinauf in den Himmel gehoben haben.

Und jetzt ist es Morgen.

Ich krieche aus dem Zelt, eingewickelt in meine graue Decke, und schaue hinauf in die Baumwipfel. Von dort kommen Vogelstimmen – Segler? Marmoralks? Ich sehe, daß der Himmel jetzt klar und blau ist.

Ich esse ein paar Ritz Cracker und einen weiteren Schokoladenriegel, und mein Mund sehnt sich verzweifelt nach Wasser. Noch eingemummelt in die Decke und meinen Geschäftsanzug, spaziere ich über das weiche Moos hinunter zum Ufer des Baches, der unterhalb meines Zeltes vorbeifließt. Klares Wasser strömt über Kieselsteine; Erlen bilden eine Gruppe neben einem tiefen Becken, in dem Kerzenfische umherflattern wie Launen.

Ich kniee nieder und trinke in kleinen Schlucken Wasser aus dem Becken. Ich hebe den Kopf und sehe durch die Lücke zwischen den Bäumen hindurch. Ich sehe, wie die Sonne am Himmel scheint – ein sich drehender Feuerball wie ein brennender Basketball auf der Fingerspitze. Dies ist dieselbe Sonne, dasselbe brennende Flammengestirn, das über meiner Jugend schien – über Schwimmbecken und Lego und Fertiggerichten und Einkaufszentren und die Vorstadt und Fernsehen und Büchern über Andy Warhol. Und es ist der Sonnenball, der jetzt auf Mark scheint, der seine Haut verbrennt, der Krebs auslöst. Es ist das Feuer, das auf Stacey scheint, das sie überhitzt, das sie dazu bringt, sich nach einem Drink zu sehnen. Es ist das Feuer, das auf Dana scheint, das Feuer, das eines Tages zerstörerisch in sein Universum hereinprasseln wird. Und es ist auch das Feuer, das auf Julies Haus scheint und ihre Kinder veranlaßt, unter dem Rasensprenger zu spielen. Es ist auch das Feuer, das die Bäume nährt, die Todd pflanzt. Und es ist auch die Sonne, die Kristy mit ihrer hellen Haut meidet, damit sie hübsch bleibt und den Mann kennenlernt, den sie für immer lieben wird.

Ich starre in diesen rotierenden Feuerball – das Feuer, das im Winter brennt und Wärme spendet –, ohne die Furcht zu erblinden. Ich nehme meine Decke ab und falte sie zusammen und lege sie auf die warmen Steine neben dem Wasser. Dann ziehe ich meine Schuhe und Strümpfe aus und halte meine Füße ins Wasser; und oh, es ist *so* kalt.

Ich streife meine Kleidung ab und steige in das Becken neben dem gurgelnden Bach, auf polierte Steine und in so klares Wasser, daß es den Anschein hat, als wäre es gar nicht wirklich da.

Meine Haut ist grau durch den Mangel an Sonne, den Mangel an Bädern. Und ja, das Wasser ist so kalt, dieses Wasser, das noch gestern in Form von Eis auf den Berggipfeln eingeschlossen war. Aber der durch die Kälte hervorgerufene Schmerz ist ein Schmerz, der mir nichts ausmacht. Ich ziehe meine Hose aus, mein Hemd, meine Krawatte, meine Unterwäsche, und alles liegt verstreut auf den Steinen am Ufer neben meiner Decke.

Und das Wasser des Bachs rauscht von oben zu mir herab.

Und wie es rauscht! Wie eine Stimme, die nur eine Nachricht kennt, eine Wahrheit – endlos, wie das Händeklatschen und das Gejubel der Bürger bei der Krönung des Königs, der Menschenmenge bei der Amtseinführung, die der Hoffnung zujubeln und der einen Stimme, die zu ihnen sprechen soll.

Und dies ist mein Geheimnis:

Ich werde es dir sagen, mit einer Offenheit des Herzens, die ich wohl niemals wiedererlangen werde; und so bete ich, daß du in einem stillen Raum bist, wenn du diese Worte hörst. Mein Geheimnis ist, daß ich Gott brauche – daß ich krank bin und allein nicht mehr weiter kann. Ich brauche Gott, damit er mir hilft, zu geben, denn ich scheine zum Geben nicht länger in der Lage zu sein; damit er mir hilft, gut zu sein, denn ich scheine zur Güte nicht länger imstande zu sein; damit er mir hilft, zu lieben, denn ich scheine über die Fähigkeit zu lieben hinaus zu sein.

Ich wate tiefer und tiefer in das rauschende Wasser hinein. Meine Hoden ziehen sich zurück in meinen Körper. Das Wasser dringt in meinen Bauchnabel und läßt meine Brust gefrieren, meine Arme, meinen Nacken. Es erreicht meinen Mund, meine Nase, meine Ohren, und das Dröhnen ist so laut – dieses Dröhnen, dieses Händeklatschen.

Diese Hände – diese heilenden Hände; Hände, die halten; Hände, nach denen wir verlangen, weil sie besser sind als Verlangen.

Ich tauche völlig in das Becken ein. Ich ergreife meine Knie und vergesse die Schwerkraft und lasse mich in dem Becken treiben, doch sogar hier höre ich das Dröhnen des Wassers, das Dröhnen von klatschenden Händen.

Diese Hände – fürsorgliche Hände, formende Hände; Hände, die die Lippen berühren, Lippen, die die Worte sprechen – die Worte, die uns sagen, daß wir heil sind.

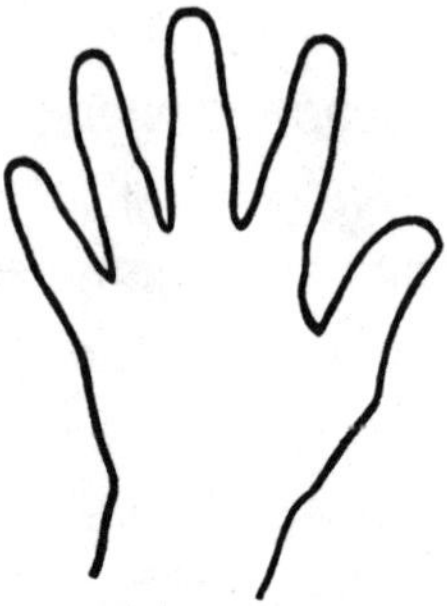

Ende

Douglas Coupland wurde 1961 geboren und lebt in Vancouver, Kanada. Er hat am Emily Carr College of Art and Design in Vancouver, am Hokkaido College in Sapporo, Japan, und am European Design Institute in Mailand Bildhauerei studiert, sie inzwischen aber zugunsten des Schreibens aufgegeben. Sein Roman »Generation X. Geschichten für eine immer schneller werdende Kultur« wurde in den USA und in Europa bald nach seinem Erscheinen zum Kultbuch.

Inzwischen veröffentlichte der kanadische Autor seinen zweiten Roman »Shampoo Planet« (beide Romane Aufbau-Verlag 1994).

ISBN 3-351-02335-9

1. Auflage 1995

Einbandgestaltung Bert Hülpüsch
unter Verwendung eines Fotos von Vladimir Pcholkin,
Bavaria Bildagentur
Satz LVD GmbH, Berlin
Druck und Binden Clausen & Bosse, Leck
Printed in Germany